梁实秋散文集

梁实秋 著

南京出版传媒集团
南京出版社

图书在版编目（CIP）数据

梁实秋散文集/梁实秋著．—南京：南京出版社，2018.10

ISBN 978-7-5533-2412-8

Ⅰ．①梁…　Ⅱ．①梁…　Ⅲ．①散文集－中国－现代　Ⅳ．①I266

中国版本图书馆CIP数据核字（2018）第201514号

书　　名：梁实秋散文集
作　　者：梁实秋
出版发行：南京出版传媒集团
南 京 出 版 社
社址：南京市太平门街53号　**邮编**：210016
网址：http://www.njcbs.cn　**电子信箱**：njcbs1988@163.com
天猫1店：https://njcbcmjtts.tmall.com　**天猫2店**：https://nanjingchubanshets.tmall.com
联系电话：025-83283893、83283864（营销）025-83112257（编务）

出 版 人：项晓宁
出 品 人：卢海鸣
责任编辑：吴新婷
装帧设计：蒋碧君
责任印制：杨福彬

策　　划：（www.rzbook.com）
印　　刷：文畅阁印刷有限公司
开　　本：710毫米×1000毫米　1/16
印　　张：16
字　　数：200千字
版　　次：2018年10月第1版
印　　次：2019年2月第2次印刷
书　　号：ISBN 978-7-5533-2412-8
定　　价：49.00元

营销分类：文学

本书若出现印装质量问题，请与我社联系调换
电话：（010）82021443

前言

梁实秋，原名梁治华，原籍浙江杭州，长于北京，入读清华大学，留学美国哈佛，归国后先后任教于东南大学、山东大学，抗战时旅居四川，1949年之后客居台北以老。知交遍天下，与徐志摩、闻一多、冰心、吴文藻诸贤为莫逆之交。早年专注于文学批评，后而改为散文，蜚声天下，继而从事翻译，一部《莎士比亚全集》历时40载，为海内外所称道。冰心曾云："一个人应当像一朵花，不论男人或女人。花有色、香、味，人有才、情、趣，三者缺一，便不能做人家的一个好朋友。我的朋友之中，男人中算梁实秋最像一朵花。"足见其在朋友眼中，既具色香味，更富才情趣。

梁实秋的散文，正如他的人生阅历，波折虽多而能泰然处之，淡淡地，滋味却绵长。即便极琐碎的小事，在他笔下却能内敛自然、平和中正、温柔慰藉。他的学问可以说是贯通中西的，但不偏不倚，独辟蹊径，雅舍系列与现当代白话文中自立门户，底子依然是传统的中国读书人本色，却能将外国文学的精华融会贯通，行文中自然流露不着痕迹。

他的散文和随笔每一篇皆有独特的面目，文辞精炼，平和淡雅，不刻意去炫耀学识而学识自见，不刻意去使用典故而用典恰如点铁成金，含蓄而隽永。写人写事写物，画面感很强，寥寥几笔便能抓住重点，偶尔讽刺一下却是直中要害，极有分寸。笔调世故但不圆滑，稳健却不呆板，那种独特的感觉是梁实秋散文与随笔别人模仿不来的。正如诗人余光中所赞:“梁氏的风格上承唐宋，下撷晚明，旁取英国小品文的洒脱容与，更佐以王尔德的惊骇特效，最讲究好处收笔，留下袅袅的余音。学者的散文夹叙夹议，说理而不忘抒情，议论要有波澜回荡，有时不免正话反说，几番回弹逆转，终于正反相合。”

梁实秋的作品集子现在市面上为数不少，此次以《梁实秋散文集》结集出版，源自梁实秋自己在人生中、在生活中、在文字中透露出的那份平淡，这种平淡恰是梁氏散文随笔的妙处所在。所选文章来自《雅舍小品》《雅舍谈吃》《雅舍随笔》《雅舍杂文》《雅舍遗珠》，篇幅皆不大，但却是梁氏散文和随笔中最脍炙人口的。既有色香味，更兼才情趣。书中插配国画大家丰子恺先生画作，其平淡质朴的韵味足以和梁实秋散文共灿而不朽。

目录

在疲劳与忙碌中，寻找那份宁静和闲适

萦绕在舌尖的滋味，长留在心中的念想

在宽厚中流露真滋味，在幽默中表露真性情

如烟花般璀璨，忘不了的美景雅事清欢

在疲劳与忙碌中，寻找那份宁静和闲适

雅舍

到四川来，觉得此地人建造房屋最是经济，火烧过的砖，常常用来做柱子，孤零零地砌起四根砖柱，上面盖上一个木头架子，看上去瘦骨嶙峋，单薄得可怜；但是顶上铺了瓦，四面编了竹篦墙，墙上敷了泥灰，远远地看过去，没有人能说不像是座房子。我现在住的“雅舍”正是这样一座典型的房子，不消说，这房子有砖柱，有竹篦墙，一切特点都应有尽有。

讲到住房，我的经验不算少，什么“上支下摘”“前廊后厦”“一楼一底”“三上三下”“亭子间”“茆草棚”“玉楼玉宇”和“摩天大厦”，各式各样，我都尝试过。我不论住在哪里，只要住得稍久，便对那房子发生感情，非不得已我还舍不得搬。这“雅舍”，我初来时仅求其能蔽风雨，并不敢存奢望，现在住了两个多月，我的好感油然而生。虽然我已渐渐感觉它并不能避风雨，因为有窗而无玻璃，风来则洞若凉亭，有瓦而空隙不少，雨来则渗如滴漏。纵然不能避风雨，“雅舍”还是自有它的个性。

“雅舍”的位置在半山腰，下距马路有七八十层的土阶。前面是阡陌螺旋的稻田。再远望过去是几抹葱翠的远山，旁边有高粱地，有竹林，有水池，有粪坑，后面是荒僻的榛莽未除的土山坡。若说地点荒凉，则月明之夕，或风雨之日，亦常有客到，大抵好友不嫌路远，路远乃见情谊。客来则光爬几十级的土阶，进得屋来仍须上坡，因为屋内地板乃依山势而铺，一面高，一面低，坡度甚大，客来无不惊叹，我则久而安之，每日由书房走到饭厅是上坡，饭后鼓腹而出是下坡，亦不觉有大不便处。

“雅舍”共是六间，我居其二。篦墙不固，门窗不严，故我与邻人彼此均可互通声息。邻人轰饮作乐，咿唔诗章，喁喁细语，以及鼾声，喷嚏声，吮汤声，撕纸声，脱皮鞋声，均随时由门窗户壁的隙处荡漾而来，破我岑寂。入夜则鼠子瞰灯，才一合眼，鼠子便自由行动，或搬核桃在地板上顺坡而下，或吸灯油而推翻烛台，或攀缘而上帐顶，或在门框桌脚上磨牙，使得人不得安枕，但是对于鼠子，我很惭愧地承认，我“没有法子”。“没有法子”一语是被外国人常常引用着的，以为这话足代表中国人的懒惰隐忍的态度。

其实我的对付鼠子并不懒惰。窗上糊纸，纸一戳就破；门户关紧，而相鼠有牙，一阵咬便是一个洞洞。试问还有什么法子？洋鬼子住到“雅舍”不也是“没有法子”？比鼠子更骚扰的是蚊子。“雅舍”的蚊风之盛，是我前所未见的。“聚蚊成雷”真有其事！每当黄昏的时候，满屋里磕头碰脑的全是蚊子，又黑又大，骨骼都像是硬的。在别处蚊子早已肃清的时候，在“雅舍”则格外猖獗，来客偶不留心，则两腿伤处累累隆起如玉蜀黍，但是我仍安之，冬天一到，蚊子自然绝迹，明年夏天——谁知道我还是否住在“雅舍”！

“雅舍”最宜月夜——地势较高，得月较先，看山头吐月，红盘乍涌，一瞬间，清光上射，天空皎洁，四野无声，微闻犬吠，坐客无不悄然！舍前有两株梨树，等到月升中天，清光从树间筛洒而下，地上阴影斑斓，此时尤为幽绝。直到兴阑人散，归房就寝，月光仍然逼进窗来，助我凄凉。细雨蒙蒙之际，“雅舍”亦复有趣，推窗展望，俨然米氏章法，若云若雾，一片弥漫。但若大雨滂沱，我就又惶悚不安了，屋顶湿印到处都有，起初如碗大，俄而扩大如盆，继则滴水乃不绝，终乃屋顶灰泥突然崩裂，如奇葩初绽，砉然一声而泥水下注，此刻满室狼藉，抢救无及。此种经验，已数见不鲜。

“雅舍”之陈设，只当得简朴二字，但洒扫拂拭，不使有纤尘。我非显要，故无博士文凭张挂壁间；我不业理发，故丝织西湖十景以及电影明星之照片亦均不能张我四壁。我有一几一椅一榻，酣睡写读，均已有着，我亦不复他求。但是陈设虽简，我却喜欢翻新布置。西人常常讥笑妇人喜欢变更桌椅位置，以为这是妇人天性喜变之一征。诬否且不论，我是喜欢改变的。中国旧式家庭，陈设千篇一律，正厅上是一条案，前面一张八仙桌，一边一把靠椅，两旁是两把靠椅夹一只茶几。我以为陈设宜求疏落参差之致，最忌排偶。“雅舍”所有，毫无新奇，但一物一事之安排布置俱不从俗。人入我室，即知此是我室，笠翁《闲情偶寄》之所论，正合我意。

“雅舍”非我所有，我仅是房客之一。但思“天地者万物之逆旅”，人生本来如寄，我住“雅舍”一日，“雅舍”即一日为我所有。即使此一日亦不能算是我有，至少此一日“雅舍”所能给予之苦辣酸甜，我实躬受亲尝。刘克庄词:“客里似家家似寄。”我此时此刻卜居“雅舍”,“雅舍”即似我家。其实似家似寄，我亦分辨不清。

长日无俚，写作自遣，随想随写，不拘篇章，冠以“雅舍小品”四字，以示写作所在，且志因缘。

书房

书房，多么典雅的一个名词！很容易令人联想到一个书香人家。书香是与铜臭相对待的。其实书未必香，铜亦未必臭。周彝商鼎，古色斑斓，终日摩挲亦不觉其臭，铸成钱币才沾染市侩味，可是不复流通的布帛刀错又常为高人赏玩之资。书之所以为香，大概是指松烟油墨印上了毛边连史，从不大通风的书房里散发出来的那一股怪味，不是桂馥兰薰，也不是霉烂馊臭，是一股混合的难以形容的怪味。这种怪味只有书房里才有，而只有士大夫人家才有书房。书香人家之得名大概是以此。

寒窗之下苦读的学子多半是没有书房，囊萤凿壁的就更不用说。所以对于寒苦的读书人，书房是可望而不可即的豪华神仙世界。伊士珍《琅嬛记》："张华游于洞宫，遇一人引至一处。别是天地，每室各有奇书，华历观诸室书，皆汉以前事，多所未闻者，问其地，曰：'琅嬛福地也。'"这是一位读书人希求冥想一个理想的读书之所，乃托之于神仙梦境。其实除了赤贫的人饔飧不继谈不到书房外，一般的读书人，如果肯要一个书房，还是可以好好布置出一个来的。有人分出一间房子养来亨鸡，也有人分出一间房子养狗，就是匀不出一间做书房。我还见过一位富有的知识分子，他不但没有书房，也没有书桌，我亲见他的公子趴在地板上读书，他的女公子用一块木板在沙发上写字。

一个正常的良好的人家，每个孩子应该拥有一个书桌，主人应该拥有一间书房。书房的用途是庋藏图书并可读书写作于其间，不是用以公开展览借以骄人的。“丈夫拥有万卷书，何假南面百城!”这种话好像是很潇洒而狂傲，其实是心尚未安无可奈何的解嘲语，徒见其不丈夫。书房不在大，亦不在设备佳，适合自己的需要便是。局促在几尺宽的走廊一角，只要放得下一张书桌，依然可以作为一个读书写作的工厂，大量出货。光线要好，空气要流通，红袖添香是不必要的，既没有香，“素腕举，红袖长”反倒会令人心有别注。书房的大小好坏，和一个读书写作的成绩之多少高低，往往不成正比。有好多著名作品是在监狱里写的。

我看见过的考究的书房当推宋春舫先生的褐木庐为第一，在青岛的一个小小的山头上，这书房并不与其寓邸相连，是单独的一栋。环境清幽，只有鸟语花香，没有尘嚣市扰。《太平清话》：“李德茂环积坟籍，名曰书城。”我想那书城未必能和褐木庐相比。在这里，所有的图书都是放在玻璃柜里，柜比人高，但不及栋。我记得藏书是以法文戏剧为主。所有的书都是精装，不全是buckram（胶硬粗布），有些是真的小牛皮装订（half calf，oozecalf，etc），烫金的字在书脊上排着队闪闪发亮。也许这已经超过了书房的标准，微近于藏书楼的性质，因为他还有一册精印的书目，普通的读书人谁也不会把他书房里的图书编目。

周作人先生在北平八道湾的书房，原名苦雨斋，后改为苦茶庵，不离苦的味道。小小的一幅横额是沈尹默写的。是北平式的平房，书房占据了里院上房三间，两明一暗。里面一间是知堂老人读书写作之处，偶然也延客品茗，几净窗明，一尘不染。书桌上文房四宝井然有致。外面两间像是书库，约有十个八个书架立在中间，图书中西兼备，日文书数量很大。真不明白苦茶庵的老和尚怎么会掉进了泥淖一辈子洗不清！

闻一多的书房，和闻一多先生的书桌一样，充实、有趣而乱。他的书全是中文书，而且几乎全是线装书。在青岛的时候，他仿效青岛大学图书馆庋藏中文图书的办法，给成套的中文书装制蓝布面，用白粉写上宋体字的书名，直立在书架上。这样的装备应该是很整齐可观，但是主人要做考证，东一部西一部的图书便要从书架上取下来参加獭祭的行列了，其结果是短榻上、地板上，唯一的一把木根雕制的太师椅上，全都是书。那把太师椅玲珑栩硬，可以入画，不宜坐人，其实亦不宜于堆书，却是他书斋中最惹眼的一个点缀。

潘光旦在清华南院的书房另有一种情趣。他是以优生学专家的素养来从事我国谱牒学研究的学者，他的书房收藏这类图书极富。他喜欢用书槅，那就是用两块木板将一套书夹起来，立在书架上。他在每套书系上一根竹制的书签，签上写着书名。这种书签实在很别致，不知杜工部《将赴草堂途中有作》所谓“书签药裹封尘网”的书签是否即系此物。光旦一直在北平，失去了学术研究的自由，晚年丧偶，又复失明，想来他书房中那些书签早已封尘网了！

汗牛充栋，未必是福。丧乱之中，牛将安觅？多少爱书的人士都把他们苦心聚集的图书抛弃了，而且再也鼓不起勇气重建一个像样的书房。藏书而充栋，确有其必要，例如从前我家有一部小字本的图书集成，摆满上与梁齐的靠着整垛山墙的书架，取上层的书须用梯子，爬上爬下很不方便，可是充栋的书架有时仍是不可少。我来台湾后，一时兴起，兴建了一个连在墙上的大书架，邻居绸缎商来参观，叹曰："造这样大的木架有什么用，给我摆列绸缎尺头倒还合用。"他的话是不错的，书不能令人致富。书还给人带来麻烦，能像郝隆那样七月七日在太阳底下晒肚子就好，否则不堪衣食之扰，真不如尽量地把图书塞入腹笥，晒起来方便，运起来也方便。如果图书都能制作成"显微胶片"纳入腹中，或者放映在脑子里，则书房就成为不必要的了。

下棋

有一种人我最不喜欢和他下棋，那便是太有涵养的人。杀死他一大块，或是抽了他一个车，他神色自若，不动火，不生气，好像是无关痛痒，使你觉得索然寡味。君子无所争，下棋却是要争的。当你给对方一个严重威胁的时候，对方的头上青筋暴露，黄豆般的汗珠一颗颗地在额上陈列出来，或哭丧着脸惨笑，或咕嘟着嘴做吃屎状，或抓耳挠腮，或大叫一声，或长吁短叹，或自怨自艾口中念念有词，或一串串地噎嗝打个不休，或红头涨脸如关公，种种现象，不一而足，这时节你“行有余力”便可以点起一支烟，或啜一碗茶，静静地欣赏对方的苦闷的象征。我想猎人追逐一只野兔的时候，其愉快大概略相仿佛。因此我悟出一点道理，和人下棋的时候，如果有机会使对方受窘，当然无所不用其极；如果被对方所窘，便努力做出不介意状，因为既然不能积极地给对方以苦痛，只好消极地减少对方的乐趣。

自古博弈并称，全是属于赌的一类，而且只是比“饱食终日无所用心”略胜一筹而已。不过弈虽小术，亦可以观人，相传有慢性人，见对方走当头炮，便左思右想，不知是跳左边的马好，还是跳右边的马好，想了半个钟头而迟迟不决，急得对方只好拱手认输。是有这样的慢性人，每一着都要考虑，而且是加慢的考虑，我常想这种人如加入龟兔竞赛，也必定可以获胜。也有性急的人，下棋如赛跑，噼噼啪啪，草草了事，这仍旧是饱食终日无所用心的一贯作风。下棋不能无争，争的范围有大有小，有斤斤计较而因小失大者，有不拘小节而眼观全局者，有短兵相接，作生死斗者，有各自为战而旗鼓相当者，有赶尽杀绝一步不让者，有好勇斗狠同归于尽者，有一面下棋一面诮骂者，但最不幸的是争的范围超出了棋盘，而拳足交加。有下象棋者，久而无声音，排闼视之，阒不见人，原来他们是在门后角里扭作一团，一个人骑在另一个人的身上，在他的口里挖车呢。被挖者不敢出声，出声则口张，口张则车被挖回，挖回则必悔棋，悔棋则不得胜，这种认真的态度憨得可爱。我曾见过二人手谈，起先是坐着，神情潇洒，望之如神仙中人，俄而棋势吃紧，两人都站起来了，剑拔弩张，如斗鹌鹑，最后到了生死关头，两个人跳到桌子上去了！

笠翁《闲情偶寄》说弈棋不如观棋，因观者无得失心，观棋是有趣的事，如看斗牛、斗鸡、斗蟋蟀一般，但是观棋也有难过处，观棋不语是一种痛苦。喉间硬是痒得出奇，思一吐为快。看见一个人要入陷阱而不作声是几乎不可能的事，如果说得中肯，其中一个人要厌恨你，暗暗地骂你一声："多嘴驴！"另一个人也不感激你，心想："难道我还不晓得这样走！"如果说得不中肯，两个人要一齐嗤之以鼻，"无见识奴！"如果根本不说，憋在心里，受病。所以有人于挨了一个耳光之后还要抚着热辣辣的嘴巴大呼："要抽车，要抽车！"

下棋只是为了消遣，其所以能使这样多人嗜此不疲者，是因为它颇合人类好斗的本能,这是一种"斗智不斗力"的游戏。所以瓜棚豆架之下，与世无争的村夫野老不免一枰相对，消此永昼；闹市茶寮之中，常有有闲阶级的人士下棋消遣，"不为无益之事，何以遣此有涯之生？"宦海里翻过身最后退隐东山的大人先生们，髀肉复生，而英雄无用武之地，也只好闲来对弈，了此残生，下棋全是"剩余精力"的发泄。人总是要斗的，总是要钩心斗角地和人争逐的。与其和人争权夺利，还不如在棋盘上抽上一车。宋人笔记曾载有一段故事："李讷仆射，性卞急。酷好弈棋，每下子安详，极于宽缓。往往躁怒作，家人辈则密以弈具陈于前，讷睹，便忻然改容，以取其子布弄，都忘其恚矣。"(南部新书)。下棋，有没有这样陶冶性情之功，我不敢说，不过有人下起棋来确实是把性命都可置诸度外。我有两个朋友下棋，警报作，不动声色，俄而弹落，棋子被震得在盘上跳荡，屋瓦乱飞，其中棋瘾较小者变色而起，被对方一把拉住："你走！那就算是你输了。"此公深得棋中之趣。

写字

在从前，写字是一件大事，在“念背打”教育体系当中占一个很重要的位置，从描红模子的横平竖直，到写墨卷的黑大圆光，中间不知有多大勤苦。记得小时候写字，老师冷不防地从你脑后把你的毛笔抽走，弄得你一手掌的墨，这证明你执笔不坚，是要受惩罚的。这样恶作剧还不够，有的在笔管上套大铜钱，一个，两个，乃至三四个，摇动笔管只觉头重脚轻，这原理是和国术家腿上绑沙袋差不多，一旦解开重负便会身轻似燕极尽飞檐走壁之能事，如果练字的时候笔管上驮着好几两重的金属，一旦握起不加附件的竹管，当然会龙飞蛇舞，得心应手了。写一寸径的大字，也有人主张用悬腕法，甚至悬肘法，写字如站桩，挺起腰板，咬紧牙关，正襟危坐，道貌岸然，在这种姿态中写出来的字，据说是能力透纸背。现代的人无须受这种折磨。“科学”已经废除了，只会写几个“行”“阅”“如拟”“照办”，便可为官。自来水笔代替了毛笔，横行左行也可以应酬问世，写字一道，渐渐地要变成“国粹”了。

当作一种艺术看，中国书法是很独特的。因为字是艺术，所以什么“永字八法”之类的说教，其效用也就和“新诗作法”“小说作法”相差不多，绳墨当然是可以教的，而巧妙各有不同，关键在于个人。写字最容易泄露一个人的个性，所谓“字如其人”大抵不诬。如果每个字都方方正正，其人大概拘谨；如果伸胳臂拉腿的都逸出格外，其人必定豪放。字瘦如柴，其人必如排骨；字如墨猪，其人必近于“五百斤油”。所以郑板桥的字，就应该是那样的倾斜古怪，才和他那吃狗肉傲公卿的气概相称；颜鲁公的字就应该是那样的端庄凝重，才和他的临难不苟的品格相合，其间无丝毫勉强。

在“文字国”里，需要写字的地方特别多，擘窠大字至蝇头小楷，都有用途。可惜的是，写字的人往往不能用其所长，且常用错了地方。譬如，凿石摹壁的大字，如果不能使山川生色，就不如给当铺酱园写写招牌，至不济也可以给煤栈写“南山高煤”。有些人的字不宜在壁上题诗，改写春联或“抬头见喜”就合适得多。有的人写字技术非常娴熟，在茶壶盖上写“一片冰心”是可以胜任的，却偏爱给人题跋字画。中堂条幅对联，其实是人人都可以写的，不过悬挂的地点应该有个分别，有的宜于挂在书斋客堂，有的宜于挂在饭铺理发馆，求其环境配合，气味相投，如是而已。

“善书者不择笔”，此说未必尽然，秃笔写铁线篆，未尝不可，临赵孟頫《心经》就有困难。字写得坚挺俊俏，所用大概是尖毫。

笔墨纸砚，对于字的影响是不可限量的。有时候写字的人除了工具之外还讲究一点特殊的技巧，最妙者无过于某公之一笔虎，八尺的宣纸，布满了一个虎字，气势磅礴，一气呵成，尤其是那一直竖，顶天立地的笔直一根杉木似的，煞是吓人。据说，这是有特别办法的，法用马弁一名，牵着纸端，在写到那一竖的时候把笔顿好，喊一声“拉”，马弁牵着纸就往后扯，笔直的一竖自然完成。

写字的人有瘾，瘾大了就非要替人写字不可，看着人家的白扇面，就觉得上面缺点什么，至少也应该有“精气神”三个字。相传有人爱写字，尤其是爱写扇子，后来腿坏，以至无扇可写；人问其故，原来是大家见了他就跑，他追赶不上了。如果字真写到好处，当然不需腿健，但写字的人究竟是腿健者居多。

读画

《随园诗话》:“画家有读画之说，余谓画无可读者，读其诗也。”随园老人这句话是有见地的。读是读诵之意，必有文章词句然后方可读诵，画如何可读？所以读画云者，应该是读诵画中之诗。

诗与画是两个类型，在对象、工具、手法，各方面均不相同。但是类型的混淆，古已有之。在西洋，所谓 Ut picture poesis，“诗既如此，画亦同然”，早已成为艺术批评上的一句名言。我们中国也特别称道王摩诘的“画中有诗，诗中有画”。究竟诗与画是各有领域的。我们读一首诗，可以欣赏其中的景物的描写，所谓“历历如绘”。如诗之极致究竟别有所在，其着重点在于人的概念与情感。所谓诗意、诗趣、诗境，虽然多少有些抽象，究竟是以语言文字来表达最为适宜。我们看一幅画，可以欣赏其中所蕴藏的诗的情趣，但是并非所有的画都有诗的情趣，而且画的主要的功用是在描绘一个意象。我们说读画，实在是在画里寻诗。

“蒙娜丽莎”的微笑，即是微笑，笑得美，笑得甜，笑得有味道，但是我们无法追问她为什么笑，她笑的是什么。尽管有许多人在猜这个微笑的谜，其实都是多此一举。有人以为她是因为发现自己怀孕了而微笑，那微笑代表女性的骄傲与满足。有人说：“怎见得她是因为发觉怀孕而微笑呢？也许她是因为发觉并未怀孕而微笑呢？”这样地读下去，是读不出所以然来的。会心的微笑，只能心领神会，非文章词句所能表达。

像“蒙娜丽莎”这样的画，还有一些奥秘的意味可供揣测，此外像 Watts 的《希望》，画的是一个女人跨在地球上弹着一只断了弦的琴，也还有一点象征的意思可资领会，但是 Sorolla 的《二姊妹》，除了耀眼的阳光之外还有什么诗可读？再如 Sully 的《戴破帽子的孩子》，画的是一个孩子头上顶着一个破帽子，除了那天真无邪的脸上的光线掩映之外还有什么诗可读？至于 Chase 的一幅《静物》，可能只是两条死鱼翻着白肚子躺在盘上，更没有什么可说的了。

也许中国画里的诗意较多一点。画山水不是《春山烟雨》，就是《江皋烟树》，不是《云林行旅》，就是《春浦帆归》，只看画题，就会觉得诗意盎然。尤其是文人画家，一肚皮不合时宜，在山水画中寄托了隐逸超俗的思想，所以山水画的境界成了中国画家人格之最完美的反映。即使是小幅的花卉，像李复堂徐青藤的作品，也有一股豪迈潇洒之气跃然纸上。

画中已经有诗，有些画家还怕诗意不够明显，在画面上更题上或多或少的诗词字句。自宋以后，这已成了大家所习惯接受的形式，有时候画上无字反倒觉得缺点什么。中国字本身有其艺术价值，若是题写得当，也不难看。西洋画无此便利，《拾穗人》上面若是用鹅翎管写上一首诗，那就不堪设想。在画上题诗，至少说明了一点，画里面的诗意有用文字表达的必要。

一幅酣畅的泼墨画，画着有两棵大白菜，墨色浓淡之间充分表示了画家笔下控制水墨的技巧，但是画面的一角题了一行大字：“不可无此味，不可有此色。”这张画的意味不同了，由纯粹的画变成了一幅具有道德价值的概念的插图。金冬心的一幅墨梅，篆籀纵横，密圈铁线，清癯高傲之气扑人眉宇，但是半幅之地题了这样的词句：“晴窗呵冻，写寒梅数枝，胜似与猫儿狗儿盘桓也……”顿使我们的注意力由斜枝细蕊转移到那个清高的画士。画的本身应该能够表现画家所要表现的东西，不需另假文字为之说明，题画的办法有时使画不复成为纯粹的画。

我想画的最高境界不是可以读得懂的，一说到读便牵涉到文章词句，便要透过思想的程序，而画的美妙处在于透过视觉而直诉诸人的心灵。画给人的一种心灵上的享受，不可言说，说便不着。

书

从前的人喜欢夸耀门第，纵不必家世贵显，至少也要是书香人家才能算是相当的门望。书而曰香，盖亦有说。从前的书，所用纸张不外毛边连史之类，加上松烟油墨，天长日久密不通风自然生出一股气味，似沉檀非沉檀，更不是桂馥兰薰，并不沁人脾胃，亦不特别触鼻，无以名之名之曰书香。书斋门窗紧闭，乍一进去，书香特别浓，以后也就不大觉得。现代的西装书，纸墨不同，好像有一股煤油味，不好说是书香了。

不管香不香，开卷总是有益。所以世界上有那么多有书癖的人，读书种子是不会断绝的。买书就是一乐，旧日北平琉璃厂隆福寺街的书肆最是诱人，你迈进门去向柜台上的伙计点点头便直趋后堂，掌柜的出门迎客，分宾主落座，慢慢地谈生意。不要小觑那位书贾，关于目录版本之学他可能比你精。搜访图书的任务，他代你负担，只要他摸清楚了你的路数，一有所获立刻专人把样函送到府上，合意留下翻看，不合意他拿走，和和气气，书价么，过节再说。在这样情形之下，一个读书人很难不染上“书淫”的毛病，等到四面卷轴盈满，连坐的地方都不容易匀让出来，那时候便可以顾盼自雄，酸溜溜地自叹：“丈夫拥书万卷，何假南面百城？”现代我们买书比较方便，但是搜访的乐趣，搜访而偶有所获的快感，都相当的减少了。挤在书肆里浏览图书，本来应该是像牛吃嫩草，不慌不忙的，可是若有店伙计眼睛紧盯着你，生怕你是一名雅贼，你也就不会怎样的从容，还是早些离开这是非之地好些，更有些书不裁毛边，干脆拒绝翻阅。

“郝隆七月七日，出日中仰卧，人问其故，曰：‘我晒书’。”（见《世说新语》）郝先生满腹诗书，晒书和日光浴不妨同时举行。恐怕那时候的书在数量上也比较少，可以装进肚里去。司马温公也是很爱惜书的，他告诫儿子说：“吾每岁以上伏及重阳间视天气晴明日，即净几案于当日所，侧群书其上以晒其脑。所以年月虽深，从不损动。”书脑即是书的装订之处，翻页之处则曰书口。司马温公看书也有考究，他说：“至于启卷，必先几案洁净，藉以茵褥，然后端坐看之。或欲行看，即承以方版，未曾敢空手捧之，非惟手污渍及，亦虑触动其脑。每至看竟一版，即侧右手大指面衬其沿，随覆以次指面，捻而夹过，故得不至揉熟其纸。每见汝辈多以指爪撮起，甚非吾意。”（见《宋稗类钞》）我们如今的图书不这样名贵，并且装订技术进步，不像宋朝的“蝴蝶装”那样的娇嫩，但是读书人通常还是爱惜他的书，新书到手先裹上一个包皮，要晒，要揩，要保管。我也看见过名副其实的收藏家，爱书爱到根本不去读它的程度，中国书则锦函牙签，外国书则皮面金字，庋置柜橱，满室琳琅，真好像是嫏嬛福地，书变成了陈设，古董。

有人说:“借书一痴,还书一痴。”有人分得更细:“借书一痴,惜书二痴,索书三痴,还书四痴。”大概都是有感于书之有借无还。书也应该深藏若虚,不可慢藏诲盗。最可恼的是全书一套借去一本,久假不归,全书成了残本。明人谢肇淛编《五杂俎》，记载一位“虞参政藏书数万卷，贮之一楼，在池中央，小木为彴，夜则去之。榜其门曰：‘楼不延客，书不借人。’”这倒是好办法，可惜一般人难得有此设备。

读书乐，所以有人一卷在手往往废寝忘食。但是也有人一看见书就哈欠连连，以看书为最好的治疗失眠的方法。黄庭坚说：“人不读书，则尘俗生其间，照镜则面目可憎，对人则语言无味。”这也要看所读的是些什么书。如果读的尽是一些猥亵的东西，其人如何能有书卷气之可言？宋真宗皇帝的劝学文，实在令人难以入耳：“富家不用买良田，书中自有千钟粟，安居不用架高堂，书中自有黄金屋，出门莫恨无人随，书中车马多如簇，娶妻莫恨无良媒，书中自有颜如玉，男儿欲遂平生志，六经勤向窗前读。”不过是把书当作敲门砖以遂平生之志，勤读六经，考场求售而已。十载寒窗，其中只是苦，而且吃尽苦中苦，未必就能进入佳境。倒是英国十九世纪罗斯金，在他的《芝麻与白百合》第一讲里，劝人读书尚友古人，那一番道理不失雅人深致。古圣先贤，成群的名世的作家，一年四季的排起队来立在书架上面等候你来点唤，呼之即来挥之即去。行吟泽畔的屈大夫，一邀就到；饭颗山头的李白、杜甫也会联袂而来；想看外国戏，环球剧院的拿手好戏都随时承接堂会；亚里士多德可以把他逍遥廊下的讲词对你重述一遍。这真是读书乐。

我们国内某一处的人最好赌博，所以讳言书，因为书与输同音，读书曰读胜。基于同一理由，许多地方的赌桌旁边忌人在身后读书。人生如博弈，全副精神去应付，还未必能操胜算。如果沾染上书癖，势必呆头呆脑，变成书呆，这样的人在人生的战场之上怎能不大败亏输？所以我们要钻书窟，也还要从书窟里钻出来。朱晦庵有句："书册埋头何日了，不如抛却去寻春。"是见道语，也是老实话。

不亦快哉

金圣叹作《三十三不亦快哉》快人快语，读来亦觉快意。不过快意之事未必人人尽同，因为观点不同时势有异。就观察所及，试编列若干则如下：

其一，晨光熹微之际，人牵犬，(或犬牵人)徐步红砖道上，呼吸新鲜空气，纵犬奔驰，任其在电线杆上或新栽树上便溺留念，或是在红砖上排出一摊狗屎以为点缀。庄子曰：道在屎溺。大道无所不在，不简秽贱，当然人犬亦应无所差别。人因散步而精神爽，犬因排泄而一身轻，而且可以保持自己家门以内之环境清洁，不亦快哉！

其一，烈日下彳亍道上，口燥舌干，忽见路边有卖甘蔗者，急忙买得两根，一手挥舞，一手持就口边，才咬一口即入佳境，随走随嚼，旁若无人，蔗渣随嚼随吐。人生贵适意，兼可为“你丢我捡”者制造工作机会，潇洒自如，不亦快哉！

其一，早起，穿着有条纹的睡衣裤，趿着凉鞋，抱红泥小火炉置街门外，手持破蒲扇，对着火炉徐徐扇之，俄而浓烟上腾，火星四射，直到天地絪缊，一片模糊。烟火中人，谁能不事炊爨？这是表示国泰民安，有米下锅，不亦快哉！

其一，天近黎明，牌局甫散，匆匆登车回府。车进巷口距家门尚有三五十码之处，任司机狂按喇叭，其声呜呜然，一声比一声近，一声比一声急，门房里有人竖着耳朵等候这听惯了的喇叭声已久，于是在车刚刚开到之际，两扇黑漆大铁门呀然而开，然后又訇的一声关闭。不费吹灰之力就使得街坊四邻矍然惊醒，翻个身再也不能入睡，只好瞪着大眼等待天明。轻而易举地执行了鸡司晨的职务，不亦快哉！

其一，放学回家，精神愉快，一路上和伙伴们打打闹闹，说说笑笑，尚不足以畅叙幽情，忽见左右住宅门前都装有电铃，铃虽设而常不响，岂不形同虚设，于是举臂舒腕，伸出食指，在每个纽上按戳一下。随后，就有人仓皇应门，有人倒屣而出，有人厉声叱问，有人伸颈探问而瞠目结舌。躲在暗处把这些现象尽收眼底，略施小技，无伤大雅，不亦快哉！

其一，隔着墙头看见人家院内有葡萄架，结实累累，虽然不及“草龙珠”那样圆，“马乳”那样长，“水晶”那样白，看着纵不流涎三尺，亦觉手痒。爬上墙头，用竹竿横扫之，狼藉满地，损人而不利己，索性呼朋引类乘昏夜越墙而入，放心大胆，各尽所能，各取所需，饱餐一顿。松鼠偷葡萄，何须问主人，不亦快哉！

其一，通衢大道，十字路口，不许人行。行人必须上天桥，下地道，岂有此理！豪杰之士不理会这一套，直入虎口，左躲右闪，居然波罗蜜多达彼岸，回头一看天桥上黑压压的人群犹在蠕动，路边的警察戟指大骂，暴躁如雷，而无可奈我何。这时节颔首示意，报以微笑，扬长而去，不亦快哉！

其一，宋周紫芝《竹坡诗话》："……有一人，极廉介，一日有家问，即令灭官烛，取私烛阅书，阅毕，命秉官烛如初。"作官的人迂腐若是，岂不可嗤！衙门机关皆有公用之信纸信封，任人领用，便中抓起一叠塞入公事包里，带回家去，可供写私信、发请柬、寄谢帖之用，顺手牵羊，取不伤廉，不亦快哉！

其一，逛书肆，看书展，琳琅满目，真是到了嫏嬛福地。趁人潮拥挤看守者穷于肆应之际，纳书入怀，携归细赏，虽蒙贼名，不失为雅，不亦快哉！

其一，电话铃响，错误常居什之二三，且常于高枕而眠之时发生，而其人声势汹汹，了无歉意，可恼可恼。在临睡之前或任何不欲遭受干扰的时间，把电话机翻转过来，打开底部，略做手脚，使铃变得喑哑。如是则电话可以随时打出去，而外面无法随时打进来，主动操之于我，不亦快哉！

其一，生儿育女，成凤成龙，由大学卒业，而漂洋过海，而学业有成，而落户定居，而缔结良缘。从此螽斯衍庆，大事已毕，允宜在报端大刊广告，红色套印，敬告诸亲友，兼令天下人闻知，光耀门楣，不亦快哉！

信

早起最快意的一件事，莫过于在案上发现一大堆信——平、快、挂，七长八短的一大堆。明知其间未必有多少令人欢喜的资料，大概总是说穷诉苦琐屑累人的居多，常常令人终日寡欢，但是仍希望有一大堆信来。Marcus Aurelius 曾经说：“每天早晨离家时，我对我自己说，‘我今天将要遇见一个傲慢的人，一个忘恩负义的人，一个说话太多的人。这些人之所以如此，乃是自然而且必要的；所以不要惊讶。’”我每天早晨拆阅来信，便先具同样心理，不但不存奢望，而且预先料到我今天将要接到几封催命符式的讨债信，生活比我优裕而反来向我告贷的信，以及看了不能令人喜欢的喜柬，不能令人不喜欢的讣闻等。世界上是有此等人，此等事，所以我当然也要接得此等信，不必惊讶。最难堪的，是遥望绿衣人来，总是过门不入，那才是莫可名状的凄凉，仿佛是有人遗弃之感。

有一种人把自己的文字润格定得极高，颇有一字千金之概，轻易是不肯写信的。你写信给他，永远是石沉大海。假如忽然间朵云遥颁，而且多半是又挂又快，隔着信封摸上去，沉甸甸的，又厚又重——放心，里面第一页必是抄自尺牍大全，“自违雅教，时切遐思，比维起居清泰为颂为祷”这么一套，正文自第二页开始，末尾于顿首之后，必定还要标明“鹄候回音”四个大字，外加三个密圈，此外必不可少的是另附恭楷履历硬卡一张。这种信也有用处，至少可以令我们知道此人依然健在，此种信不可不复,复时以“……俟有机缘,定当驰告”这么一套为最得体。

另一种人，好以纸笔代喉舌，不惜工本，写信较勤。刊物的编者大抵是以写信为其主要职务之一，所以不在话下。因误会而恋爱的情人们，见面时眼睛都要迸出火星，一旦隔离，焉能不情急智生，烦邮差来传书递简？Herrick 有句云：“嘴唇只有在不能接吻时才肯歌唱。”同样的，情人们只有在不能喁喁私语时才要写信。情书是一种紧急救济，所以亦不在话下。我所说的写信的人，是指家人朋友之间聚散匆匆，暌违之后，有所见，有所闻，有所忆，有所感，不愿独秘，愿人分享，则乘兴奋笔，藉通情愫，写信者并无所求，受信者但觉情谊翕如，趣味盎然，不禁色起神往，在这种心情之下，朋友的信可作为宋元人的小简读，家书亦不妨当作社会新闻看。看信之乐，莫过于此。

写信如谈话，痛快人写信，大概总是开门见山。若是开门见雾，模模糊糊，不知所云，刚其人谈话亦必是丈八罗汉，令人摸不着头脑。我又曾接得另外一种信，突如其来，内容是讲学论道，洋洋洒洒，作者虽未要我代为保存，我则觉得责任太大，万一庋藏不慎，岂不就要淹没名文。老实讲，我是有收藏信件的癖好的，但亦略有抉择：多年老友，误入仕途，使有书记代笔者，不收；讨论人生观一类大题目者，不收；正文自第二页开始者，不收；用钢笔写在宣纸上，有如在吸墨纸上写字者，不收；横写在左边写起者，不收；有加新式标点之必要者，不收；没有加新标点之可能者，亦不收；恭楷者，不收；潦草者，不收；作者未归道山，即可公开发表者不收；作者已归道山，而仍不可公开发表者，亦不收……因为有这样许多限制，所以收藏不富。

信里面的称呼最足以见人情世态。有一位业教授的朋友告诉我，他常接到许多信件，开端如果是“夫子大人函丈”或“××老师钧鉴”，写信者必定是刚刚毕业或失业的学生，甚而至于并不是同时同院系的学生，其内容多半是请求提携的意思。如果机缘凑巧，真个提携了他，以后他来信时便改称“××”先生了。若是机缘再凑巧，再加上铨叙合格，连米贴、房贴算在一起足够两个教授的薪水，他写起信来便干干脆脆地称兄道弟了！我的朋友言下不胜唏嘘，其实是他所见不广。师生关系，原属雇佣性质，焉能不受阶级升黜的影响？

书信写作西人曾称之为“最温柔的艺术”，其亲切仅次于日记。我国尺牍尤为精粹之作。但居今之世，心头萦绕者尽是米价涨落问题，一袋袋的邮件之中要捡出几篇雅丽可诵的文章来，谈何容易！

旅行

我们中国人是最怕旅行的一个民族。闹饥荒的时候都不肯轻易逃荒，宁愿在家乡吃青草啃树皮吞观音土，生怕离乡背井之后，在旅行中流为饿殍，失掉最后的权益 ——寿终正寝。至于席丰履厚的人更不愿轻举妄动，墙上挂一张图画，看看就可以当“卧游”，所谓“一动不如一静”。说穿了“太阳下没有新鲜事物”。号称山川形胜，还不是几堆石头一汪子水？

我记得做小学生的时候，郊外踏青，是一桩心跳的事，多早就筹备，起个大早，排成队伍，擎着校旗，鼓乐前导，事后下星期还得作一篇《远足记》，才算功德圆满。旅行一次是如此的庄严！我的外祖母，一生住在杭州城内，八十多岁，没有逛过一次西湖，最后总算去了一次，但是自己不能行走，抬到了西湖，就没有再回来——葬在湖边山上。

古人云：“一生能着几雨屐？”这是劝人及时行乐，莫怕多费几双鞋。但是旅行果然是一桩乐事吗？其中是否含着有多少苦恼的成分呢？

出门要带行李，那一个几十斤重的五花大绑的铺盖卷儿便是旅行者的第一道难关。要捆得紧，要捆得俏，要四四方方，要见棱见角，与稀松露馅的大包袱要迥异其趣，这已经就不是一个手无缚鸡之力的人所能胜任的了。关卡上偏有好奇人要打开看看,看完之后便很难得再复原。“乘兴而来，兴尽而返。”很多人在打完铺盖卷儿之后就觉得游兴已尽了。在某些国度里，旅行是不需要携带铺盖的，好像凡是有床的地方就有被褥，有被褥的地方就有随时洗换的被单，——旅客可以无牵无挂，不必像蜗牛似的顶着安身的家伙走路。

携带铺盖究竟还容易办得到，但是没听说过带着床旅行的，天下的床很少没有臭虫设备的。我很怀疑一个人于整夜输血之后，第二天还有多少精神游山逛水。我有一个朋友发明了一种服装，按着他的头躯四肢的尺寸做了一件天衣无缝的睡衣，人钻在睡衣里面，只留眼前两个窟窿，和外界完全隔绝，——只是那样子有些像是 KKK，夜晚出来曾经几乎吓死一个人!

原始的交通工具，并不足为旅客之苦。我觉得“滑竿”“架子车”都比飞机有趣。“御风而行，冷然善也”，那是神仙生涯。在尘世旅行，还是以脚能着地为原则。我们要看朵朵的白云，但并不想在云隙里钻出钻进；我们要“横看成岭侧成峰，远近高低各不同”，但并不想把世界缩小成假山石一般玩物似的来欣赏。我惋惜米尔顿所称述的中土有“挂帆之车”尚不曾坐过。交通工具之原始不是病，病在于舟车之不易得，车夫舟子之不易缠，“衣帽自看”固不待言，还要提防青纱帐起。刘伶“死便埋我”，也不是准备横死。

旅行虽然夹杂着苦恼，究竟有很大的乐趣在。旅行是一种逃避，——逃避人间的丑恶。“大隐藏人海”，我们不是大隐，在人海里藏不住。岂但人海里安不得身？在家园也不容易遁迹。成年的圈在四合房里，不必仰屋就要兴叹；成年地看着家里的那一张脸，不必牛衣也要对泣。家里面所能看见的那一块青天，只有那么一大块。取之不尽用之不竭的清风明月，在家里都不能充分享用，要放风筝需要举着竹竿爬上房脊，要看日升月落需要左右邻居没有遮拦。走在街上，熙熙攘攘，磕头碰脑的不是人面兽，就是可怜虫。

在这种情形之下，我们虽无勇气披发入山，至少为什么不带着一把牙刷捆起铺盖出去旅行几天呢？在旅行中，少不了风吹雨打，然后倦飞知还，觉得“在家千日好，出门一时难”，这样便可以把那不可容忍的家变成暂时可以容忍的了。下次忍耐不住的时候，再出去旅行一次。如此的折腾几回，这一生也就差不多了。

旅行中没有不感觉枯寂的，枯寂也是一种趣味。哈兹利特 Hazlitt 主张在旅行时不要伴侣，因为：“如果你说路那边的一片豆田有股香味，你的伴侣也许闻不见。如果你指着远处的一件东西，你的伴侣也许是近视的，还得戴上眼镜看。”一个不合意的伴侣，当然是累赘。但是人是个奇怪的动物，人太多了嫌闹，没人陪着嫌闷。耳边嘈杂怕吵，整天咕嘟着嘴又怕口臭。

旅行是享受清福的时候，但是也还想拉上个伴。只有神仙和野兽才受得住孤独。在社会里我们觉得面目可憎语言无味的人居多，避之唯恐或晚，在大自然里又觉得人与人之间是亲切的。到美国落矶山上旅行过的人告诉我，在山上若是遇见另一个旅客，不分男女老幼，一律脱帽招呼，寒暄一两句。还是很有意味的一个习惯。大概只有在旷野里我们才容易感觉到人与人是属于一门一类的动物，平常我们太注意人与人的差别了。

真正理想的伴侣是不易得的，客厅里的好朋友不见得即是旅行的好伴侣，理想的伴侣须具备许多条件，不能太脏，如嵇叔夜“头面常一月十五日不洗，不太闷痒不能沐”，也不能有洁癖，什么东西都要用火酒揩，不能如泥塑木雕，如死鱼之不张嘴，也不能终日喋喋不休，整夜鼾声不已，不能油头滑脑，也不能蠢头呆脑，要有说有笑，有动有静，静时能一声不响地陪着你看行云，听夜雨，动时能在草地上打滚像一条活鱼！这样的伴侣哪里去找？

理发

理发不是一件愉快事。让牙医拔过牙的人，望见理发的那张椅子就会怵怵不安，两种椅子很有点相像。我们并不希望理发店的椅子都是檀木螺钿，或是路易十四式，但至少不应该那样的丑，方不方圆不圆的，死橛橛硬邦邦的，使你感觉到坐上去就要受人割宰的样子。门口担挑的剃头挑儿，更吓人，竖着的一根小小的旗杆，那原是为挂人头的。

但是理发是一种必不可免的麻烦。“君子整其衣冠，尊其瞻视，何必蓬头垢面，然后为贤?”理发亦是观瞻所系。印度锡克族，向来是不剪发不剃须的，那是“受诸父母不敢毁伤”的意思，所以一个个的都是满头满脸毛毵毵的，滔滔皆是，不以为怪。在我们的社会里，就不行了，如果你蓬髾着头发，就会有人疑心你是在丁忧，或是才从监狱里出来。髭须是更讨厌的东西，如果蓄留起来，七根朝上八根朝下都没有关系，嘴上有毛受人尊敬，如果刮得光光的露出一块青皮，也行，也受人尊敬，唯独不长不短的三两分长的髭须，如鬃鬣，如刺猬，如刈后的稻秆，看起来令人不敢亲近，鲁智深“腮边新剃暴长短须戗戗的好惨濑人”，所以人先有五分怕他。钟馗须髯如戟，是一副啖鬼之相。我们既不想吓人，又不欲啖鬼，而且不敢不以君子自勉，如何能不常到理发店去？

理发匠并没有令人应该不敬重的地方，和刽子手屠户同样的是一种为人群服务的职业，而且理发匠特别显得高尚，那一身西装便可以说是高等华人的标帜。如果你交一个刽子手朋友，他一见到你就会相度你的脖颈，何处下刀相宜，这是他的职业使然。理发匠俟你坐定之后，便伸胳膊挽袖相度你那一脑袋的毛发，对于毛发所依附的人并无兴趣。一块白绸布往你身上一罩，不见得是新洗的，往往是斑斑点点的如虎皮宣。随后是一根布条在咽喉处一勒。当然不会致命，不过箍得也就够紧，如果是自己的颈子大概舍不得用那样大的力。头发是以剪为原则，但是附带着生薅硬拔的却也不免，最适当的抗议是对着那面镜子拧眉皱眼地做个鬼脸，而且希望他能看见。人的头生在颈上，本来是可以相当的旋转自如的，但是也有几个角度是不大方便的，理发匠似乎不大顾虑到这一点，他总觉得你的脑袋的姿势不对，把你的头扳过来扭过去，以求适合他的刀剪。我疑心理发匠许都是孔武有力的，不然腕臂间怎有那样大的力气？

椅子前面竖起的一面大镜子是颇有道理的，倒不是为了可以显影自怜，其妙在可以知道理发匠是在怎样收拾你的脑袋，人对于自己的脑袋没有不关心的。戴眼镜的朋友摘下眼镜，一片模糊，所见亦属有限。尤其是在刀剪晃动之际，呆坐如僵尸，轻易不敢动弹，对于左右坐着的邻座无从瞻仰，是一憾事。左边客人在挺着身子刮脸，声如割草，你以为必是一个大汉，其实未必然，也许是个女客；右边客人在喷香水擦雪花，你以为必是佳丽，其实亦未必然，也许是个男子。所以不看也罢，看了怪不舒服。最好是废然枯坐。

其中比较最愉快的一段经验是洗头。浓厚的肥皂汁滴在头上，如醍醐灌顶，用十指在头上搔抓，虽然不是麻姑，却也手似鸟爪。令人着急的是头皮已然搔得清痛，而东南角上一块最痒的地方始终不会搔到。用水冲洗的时候，难免不泛滥入耳，但念平夙盥洗大概是以脸上本部为限，边远陬隅辄弗能届，如今痛加涤荡，亦是难得的盛举。电器吹风，却不好受，时而凉风习习，时而夹上一股热流，热不可当，好像是一种刑罚。

最令人难堪的是刮脸。一把大刀锋利无比，在你的喉头上眼皮上耳边上，滑来滑去，你只能瞑目屏息，捏一把汗。Robert Lynd 写过一篇《关于刮脸的讲道》，他说："当剃刀触到我的脸上，我不免有这样的念头：'假使理发匠忽然疯狂了呢？'很幸运的，理发匠从未发疯狂过，但我遭遇过别种差不多的危险。例如，有一个矮小的法国理发匠在雷雨中给我刮脸，电光一闪，他就跳得好老高。还有一个喝醉了的理发匠，拿着剃刀找我的脸，像个醉汉的样子伸手去一摸却扑了个空。最后把剃刀落在我的脸上了，他却靠在那里镇定一下，靠得太重了些，居然把我的下颊右方刮下了一块胡须，刀还在我的皮上，我连抗议一声都不敢。就是小声说一句，我觉得，都会使他丧胆而失去平衡，我的颈静脉也许要在他不知不觉间被他割断，后来剃刀暂时离开我的脸了，大概就是法国人所谓 Reculer pour mieux saurer（退回去以便再向前扑）我趁势立刻用梦魇的声音叫起来，'别刮了，别刮了，够了，谢谢你'……"

这样的怕人的经验并不多有。不过任何人都要心悸，如果在刮脸时想起相声里的那段笑话，据说理发匠学徒的时候是用一个带茸毛的冬瓜来做试验的，有事走开的时候便把刀向瓜上一剁，后来出师服务，常常错认人头仍是那个冬瓜。刮脸的危险还在其次，最可恶的是他在刮后用手毫无忌惮地在你脸上摸，摸完之后你还得给他钱！

衣裳

莎士比亚有一句名言："衣裳常常显示人品"；又有一句："如果我们沉默不语，我们的衣裳与体态也会泄露我们过去的经历。"可是我不记得是谁了，他曾说过更彻底的话：我们平常以为英雄豪杰之士，其仪表堂堂确是与众不同，其实，那多半是衣裳装扮起来的，我们在画像中见到的华盛顿和拿破仑，固然是奕奕赫赫，但如果我们在澡堂里遇见二公，赤条条一丝不挂，我们会要有异样的感觉，会感觉得脱光了大家全是一样。这话虽然有点玩世不恭，确有至理。

中国旧式士子出而问世必须具备四个条件：一团和气，两句歪诗，三斤黄酒，四季衣裳；可见衣裳是要紧的。我的一位朋友，人品很高，就是衣裳"普罗"一些，曾随着一伙人在上海最华贵的饭店里开了一个房间，后来走出饭店，便再也不得进去，司阍的巡捕不准他进去，理由是此处不施舍。无论怎样解释也不得要领，结果是巡捕引他从后门进去，穿过厨房，到账房内去理论。这不能怪那巡捕，我们几曾看见过看家的狗咬过衣裳楚楚的客人？

衣裳穿得合适，煞费周章，所以内政部礼俗司虽然绘定了各种服装的式样，也并不曾推行，幸而没有推行！自从我们剪了小辫儿以来，衣裳就没有了体制，绝对自由，中西合璧的服装也不算违警，这时候若再推行“国装”，只是于错杂纷歧之中更加重些纷扰罢了。

李鸿章出使外国的时候，袍褂顶戴，完全是民族服装。我虽无爱于清廷章制，但对于他的不穿西装，确实是很佩服的。可是西装的势力毕竟太大了，到如今理发匠都是穿西装的居多。我忆起了二十年前我穿西装的一幕。那时候西装还是一件比较新奇的事物，总觉得是有点“机械化”，其构成必相当复杂。一班几十人要出洋，于是西装逼人而来。试穿之日，适值严冬，或缺皮带，或无领结，或衬衣未备，或外套未成，但零件虽然不齐，吉期不可延误，所以一阵骚动，胡乱穿起，有的宽衣博带如稻草人，有的细腰窄袖如马戏丑，大体是赤着身体穿一层薄薄的西装裤，冻得涕泗交流，双膝打战，那时的情景足当得起“沐猴而冠”四个字。当然后来技术渐渐精进，有的把裤脚管烫得笔直，视如第二生命，有的在衣袋里插一块和领结花色相同的手绢，俨然像是一个绅士，猛然一看，国籍都要发生问题。

西装是有一定的标准的。譬如，做裤子的材料要厚，可是我看见过有人在光天化日之下穿夏布西装裤，光线透穿，真是骇人！衣服的颜色要朴素沉重，可是我见过著名自诩讲究衣裳的男子们，他们穿的是色彩刺目的宽格大条的材料，颜色惊人的衬衣，如火如荼的领结，那样子只有在外国杂耍场的台上才偶然看得见！大概西装破烂，固然不雅，但若崭新而俗恶则更不可当。所谓洋场恶少，其气味最下。

中国的四季衣裳，恐怕要比西装更麻烦些。固然西装讲究起来也是不得了的。历史上著名的一例，詹姆斯第一的朋友白金翰爵士有衣服一千六百二十五套。普通人有十套八套的就算很好了。中装比较的花样要多些，虽然终年一两件长袍也能度日。中装有一件好处，舒适。中装像是变形虫，没有一定的形式，随着穿的人身体变。不像西装，肩膊上不用填麻布使你冒充宽肩膀，脖子上不用戴枷系索，裤子里面有的是"生存空间"；而且冷暖平均，不像西装咽喉下面一块只是一层薄衬衣，容易着凉，裤子两边插手袋处却又厚至三层，特别郁热！中国长袍还有一点妙处，马彬和先生（英国人入我国籍）曾为文论之。他说这钟形长袍是没有差别的，平等的，一律地遮掩了贫富贤愚。马先生自己就是穿一件蓝长袍，他简直崇拜长袍。据他看，长袍不势利，没有阶级性，可是在中国，长袍同志也自成阶级，虽然四川有些抬轿的也穿长袍。中装固然比较随便，但亦不可太随便，例如脖子底下的纽扣，在西装可以不扣，长袍便非扣不可，否则便不合于"新生活"。再例如虽然在蚊虫甚多的地方，裤脚管亦不可放进袜筒里去，做绍兴师爷状。

男女服装之最大不同处，便是男装之遮盖身体无微不至，仅仅露出一张脸和两只手可以吸取日光紫外线，女装的趋势，则求遮盖愈少愈好。现在所谓旗袍，实际上只是大坎肩，因为两臂已经齐根划出。两腿尽管细直如竹筷，扭曲如松根，也往往一双双地摆在外面。袖不蔽肘，赤足裸腿，从前在某处都曾悬为厉禁，在某一种意义上，我们并不惋惜。还有一点可以指出，男子的衣服，经若干年的演化，已达到一个固定的阶段，式样色彩大概是千篇一律的了，某一种人一定穿某一种衣服，身体丑也好，美也好，总是要罩上那么一套。女子的衣裳则颇多个人的差异，仍保留大量的装饰的动机，其间大有自由创造的余地。既是创造，便有失败，也有成功。成功者便是把身体的优点表彰出来，把劣点遮盖起来；失败者便是把劣点显示出来，优点根本没有。我每次从街上走回来，就感觉得我们除了优生学外，还缺乏妇女服装杂志。不要以为妇女服装是琐细小事，法朗士说得好："如果我死后还能在无数出版书籍当中有所选择，你想我将选什么呢？……在这未来的群籍之中我不想选小说，亦不选历史，历史若有兴味亦无非小说。我的朋友，我仅要选一本时装杂志，看我死后一世纪中妇女如何装束。妇女装束之能告诉我未来的人文，胜过于一切哲学家，小说家预言家，及学者。"

衣裳是文化中很灿烂的一部分。所以裸体运动除了在必要的时候之外（如洗澡等等），我总不大赞成。

睡

我们每天睡眠八小时，便占去一天的三分之一，一生之中三分之一的时间于“一枕黑甜”之中度过，睡不能不算是人生一件大事。可是人在筋骨疲劳之后，眼皮一垂，枕中自有乾坤，其事乃如食色一般的自然，好像是不需措意。

豪杰之士有“闻午夜荒鸡起舞”者，说起来令人神往，但是五代时之陈希夷，居然隐于睡，据说“小则亘月，大则几年，方一觉”，没有人疑其为有睡病，而且传为美谈。这样的大量睡眠，非常人之所能。我们的传统的看法，大抵是不鼓励人多睡觉。昼寝的人早已被孔老夫子斥为不可造就。使得我们居住在亚热带的人午后小憩（西班牙人所谓 Siesta）时内心不免惭愧。后汉时有一位边孝先，也是为了睡觉受他的弟子们的嘲笑，“边孝先，腹便便，懒读书，但欲眠”。佛说在家戒法，特别指出“贪睡眠乐”为“精进波罗蜜”之一障。大盖倒头便睡，等着太阳晒屁股，其事甚易，而掀起被衾，跳出软暖，至少在肉体上做“顶天立地”状，其事较难。

其实睡眠还是需要适量。我看倒是睡眠不足为害较大。“睡眠是自然的第二道菜”：亦即最丰盛的主菜之谓。多少身心的疲惫都在一阵“装死”之中涤除净尽。车祸的发生时常因为驾车的人在打瞌睡。衙门机构一些人员之一张铁青的脸，傲气凌人，也往往是由于睡眠不足，头昏脑涨，一肚皮的怨气无处发泄，如何能在脸上绽出人类所特有的笑容？至于在高位者，他们的睡眠更为重要，一夜失眠，不知要造成多少纰漏。

睡眠是自然的安排，而我们往往不能享受。以“天知地知我知子知”闻名的杨震，我想他睡觉没有困难，至少不会失眠，因为他光明磊落。心有恐惧，心有挂痴，心有忮求，倒下去只好辗转反侧，人尚未死而已先不能瞑目。庄子所谓“至人无梦”，楞严经所谓“梦想消灭，寝寤恒一”，都是说心里本来平安，睡时也自然踏实。劳苦分子，生活简单，日入而息，日出而作，不容易失眠。听说有许多治疗失眠的偏方，或教人计算数目字，或教人想象中描绘人体轮廓，其用意无非是要人收敛他的颠倒妄想，忘怀一切，但不知有多少实效，愈失眠愈焦急，愈焦急愈失眠，恶性循环，只好瞪着大眼睛，不觉东方之既白。

睡眠不能无床。古人席地而坐卧，我由“榻榻米”体验之，觉得不是滋味。后来北方的土坑砖坑，即较胜一筹。近代之床，实为一大进步。床宜大，不宜小。今之所谓双人床，阔不过四五尺，仅足供单人翻覆，还说什么“被底鸳鸯”？莎士比亚《第十二夜》提到一张大床，英国Ware地方某旅舍有大床，七尺六寸高，十尺九寸长，十尺九寸阔，雕刻甚工，可睡十二人云。尺寸足够大了，但是睡上一打，其去沙丁鱼也几希，并不令人羡慕。讲到规模，还是要推我们上国的衣冠文物。我家在北平即藏有一旧床，杭州制，竹篾为绷，宽九尺余，深六尺余，床架高八尺，三面隔扇，下面左右床柜，俨然一间小屋，最可人处是床里横放架板一条，图书，盖碗，桌灯，四乾四鲜，均可陈列其上，助我枕上之功。洋人的弹簧床，睡上去如落在棉花堆里，冬日犹可，夏日燠不可当，而且洋人的那种铺被的方法，将身体放在两层被单之间，把毯子裹在床垫之上，一翻身肩膀透风，一伸腿脚趾戳被，并不舒服。佛家的八戒，其中之一是“不坐高广大床”，和我的理想正好相反，我至今还想念我老家里的那张高广大床。

睡觉的姿态人各不同,亦无长久保持“睡如弓”的姿态之可能与必要。王右军那样的东床坦腹，不失为潇洒。即使佝偻着，如死蚯蚓，匍匐着，如癞虾蟆，也不干谁底事。北方有些地方的人士，无论严寒酷暑，入睡时必脱得一丝不挂，在被窝之内实行天体运动，亦无伤风化。唯有鼾声雷鸣，最使不得。宋张端义《贵耳集》载一条奇闻:“刘垂范往见羽士寇朝，其徒告以睡。刘坐寝外闻鼻鼾之声，雄美可听，曰：寇先生睡有乐，乃华胥调。”所谓“华胥调”见陈希夷故事,据“仙佛奇踪”,“脉搏居华山，有一客过访,适值其睡,旁有一异人,听其息声,以墨笔记之。客怪而问之，其人曰:‘此先生华胥调混沌谱也。’华胥氏之国不曾游过，华胥调当然亦无欣赏，若以鼾声而论，我所能辨识出来的谱调顶多是近于爵士新声，其中可能真有一雄美可听”者。不过睡还是以不奏乐为宜。

睡也可以是一种逃避现实的手段。在这个世界活得不耐烦而又不肯自行退休的人，大可以掉头而去，高枕而眠，或竟曲肱而枕，眼前一黑，看不惯的事和看不入眼的人都可以暂时撇在一边，像鸵鸟一般，眼不见为净。明陈继儒“珍珠船”记载着：“徐光溥为相，喜论事，大为李昊等所嫉，光溥后不言，每聚议，但假寐而已，时号睡相。”一个做到首相地位的人，开会不说话，一味假寐，真是懂得明哲保身之道，比危行言逊还要更进一步。这种功夫现代似乎尚未失传。

讲价

韩康采药名山，卖于长安市，三十余年，口不二价。这并不是说三十余年物价没有波动，这是说他三十余年没有耍过一次谎，就凭这一点怪脾气他的大名便入了后汉书的逸民列传。这并不证明买卖东西无须讲价是我们古已有之的固有道德，这只证明自古以来买卖东西就得要价还价，出了一位韩康，便是人瑞，便可以名垂青史了。韩康不但在历史上留下了佳话，在当时也是颇为著名的。一个女子向他买药，他守价不移，硬是没得少，女子大怒，说："难道你是韩康，一个钱没得少？"韩康本欲避名，现在小女子都知道他的大名，吓得披发入山。卖东西不讲价，自古以来，是多么难得！我们还不要忘记韩康"家世著姓"，本不是商人，如果是个"逐什一之利"的，有机会能得什二什三时岂不更妙？

从前有些店铺讲究货真价实，"言不二价""童叟无欺"的金字招牌偶然还可以很骄傲地悬挂起来，不必大减价雇吹鼓手，主顾自然上门。这种事似乎渐渐少了。童叟根本也不见得好欺侮，而且买卖大半是流动的，无所谓主顾，不讲价还是不过瘾，不七折八扣显着买卖不和气，交易一成买者就又会觉得上当。在尔虞我诈的情形之下，讲价便成为交易的必经阶段，反正是“漫天要价，就地还钱”。看看谁有本事谁讨便宜。

我买东西很少的时候能不比别人的贵。世界上有一种人，喜欢到人家里面调查物价，看看你家里有什么东西都要打听一下是用什么价钱买的，除非你在每一事物上都粘上一个纸笺标明价格，否则将不胜其啰唣。最扫兴的是，我已经把真的价钱瞒起，自欺欺人地只说了一半的价钱来搪塞他，他有时还会把头摇得像个“拨浪鼓”似的，表示你上了弥天的大当！我承认，有些人是特别的善于讲价，他有政治家的脸皮，外交家的嘴巴，杀人的胆量，钓鱼的耐心，坚如铁石，韧似牛皮，所以他能压倒那待价而沽的商人。我曾虚心请教，大概归纳起来讲价的艺术不外下列诸端：

第一，要不动声色。进得店来，看准了他没有什么你就要什么，使得他显着寒碜，先有几分惭愧。然后无精打采地道出你所真心要买的东西，伙计于气馁之余，自然欢天喜地地捧出他的货色，价钱根本不会太高。如果偶然发现一项心爱的东西，也不可失声大叫，如获异宝，必要行若无事，淡然处之，于打听许多种物价之后，随意问询及之，否则你打草惊蛇，他便奇货可居了。

第二，要无情的批评。甘瓜苦蒂，天下物无全美。你把货物捧在手里，不忙鉴赏，先求其疵缪之所在，不厌其详地批评一番，尽量地道出它的缺点。有些物事，本是无懈可击的，但是“嗜好不能争辩”，你这东西是红的，我偏喜欢白的，你这东西是大的，我偏喜欢小的。总之，是要把东西褒贬得一文不值缺点百出，这时候伙计的脸上也许要一块红一块白的不大好看，但是他的心里软了，价钱上自然有了商量的余地，我在委曲迁就的情形之下来买东西，你在价钱上还能不让步吗？

第三，要狠心还价。先假设，自从韩康入山之后每个商人都是说谎的。不管价钱多高，拦腰一砍。这需要一点胆量，要狠得下心，说得出口，要准备看一副嘴脸。人的脸是最容易变的，用不了加多少钱，那副愁云惨雾的苦脸立刻开霁，露出一缕春风。但这是最紧要的时候，这是耐心的比赛，谁性急谁失败，他一文一文的减，你就一文一文的加。

第四，要有反顾的勇气。交易实在不成，只好掉头而去，也许走不了好远，他会请你回来，如果他不请你回来，你自己要有回来的勇气，不能负气，不能讲究“义不反顾，计不旋踵”。讲价到了这个地步，也就山穷水尽了。

这一套讲价的秘诀，知易行难，所以我始终未能运用。我怕费功夫，我怕伤和气，如果我粗脖子红脸，我身体受伤，如果他粗脖子红脸，我精神上难过，我聊以解嘲的方法是记起郑板桥爱写的那四个大字：“难得糊涂。”

《淮南子》明明的记载着：“东方有君子之国。”但是我在地图上却找不到。《山海经》里也记载着：“君子国衣冠带剑，其人好让不争。”但只有镜花缘给君子国透露了一点消息。买物的人说：“老兄如此高货，却讨恁般贱价，教小弟买去，如何能安？务求将价加增，方好遵教。若再过谦，那是有意不肯赏光交易了。”卖物的人说：“既承照顾，敢不仰体？

但适才妄讨大价，已觉厚颜，不意老兄反说货高价贱，岂不更教小弟惭愧？况敝货并非‘言无二价’，其中颇有虚头。”照这样讲来，君子国交易并非言无二价，也还是要讲价的，也并非不争，也还有要费口舌唾液的。什么样的国家，才能买东西不讲价呢？我想与其讲价而为对方争利，不如讲价而为自己争利，比较合于人类本能。

有人传授给我在街头雇车的秘诀：街头孤零零的一辆车，车夫红光满面鼓腹而游的样子，切莫睬他，如果三五成群鸠形鹄面，你一声吆喝便会蜂拥而来，竞相延揽，车价会特别低廉。在这里我们发现人性的一面——残忍。

谦让

谦让仿佛是一种美德，若想在眼前的实际生活里寻一个具体的例证却不容易。类似谦让的事情近来似很难得发生一次。就我个人的经验说，在一般宴会里，客人入席之际，最容易看见类似谦让的事情。

一群客人挤在客厅里，谁也不肯先坐，谁也不肯坐首座，好像"常常登上座，渐渐入祠堂"的道理是人人所不能忘的。于是你推我让，人声鼎沸。辈分小的、官职低的垂着手远远地立在屋角，听候调遣。自以为有占首座或次座资格的人无不攘臂而前，拉拉扯扯，不肯放过他们表现谦让美德的机会。有的说："我们叙齿，你年长！"有的说："我常来，你是稀客！"有的说："今天非你上座不可！"事实固然是为让座，但是当时的声浪和唾沫星子却都表现得像在争座。主人觍着一张笑脸，偶尔插一两句嘴，作鹭鸶笑。这场纷扰，直到大家的兴致均已低落，该说的话差不多都已说完，然后急转直下，突然平息，本该坐上座的人便去就了上座，并无苦恼之相，而往往显出踌躇满志顾盼自雄的样子。

我每次遇到这样谦让的场合，便会想起聊斋中的一个故事：一伙人在热烈地让座，有一位扯着另一位的袖子，硬往上拉，被拉的人硬往后躲，双方势均力敌，突然间拉着袖子的手一松，被拉的那只胳臂猛然向后一缩，肘尖正撞在后面站着的一位驼背朋友的两只特别凸出的大门牙上，“咔吱”一声，双牙落地！每忆起这个乐极生悲的故事，为明哲保身起见，在让座时我总躲得远远的。等风波过后，剩下的位置就是我的，首座也可以，坐上去并不头晕，末座亦无妨，我也并不因此少吃一口。我不谦让。

考让座之风之所以如此盛行，其故有二。第一，让来让去，每人总有一个位置，所以一面谦让，一面稳有把握。假如主人宣布，位置只有十二个，客人却有十四位，那便没有让座之事了。第二，所让者是个虚荣，本来无关宏旨，凡半径都是一般长（假如是圆桌），所以坐在任何位置都可以享受同样的利益。假如明文规定，凡坐过首席若干次者，在铨叙上特别有利，我想让座的事情也就少了。我从不曾看见，在长途公共汽车站售票处，如果没有木制的长栅栏还能够保留一点谦让之风的！因此我发现了一般人处世的一个道理：可以无须让的时候，则无妨谦让一番，于人无利，于己无损；在该让的时候，则不谦让，以免损己；在应该不让的时候，则必定谦让，于己有利，于人无损。

小时候读到孔融让梨的故事，觉得实在难能可贵，自愧弗如。一只梨虽然微不足道，但对于一个四五岁的孩子，其重要性或者并不下于一个公务员之心理盘算简、荐、委。有人猜想，孔融那几天也许肚皮不好，怕吃生冷，乐得谦让一番。我不敢这样妄加揣测。不过我们要承认，利之所在可以使人忘形，谦让不是一件容易的事。孔融让梨的故事，发扬光大起来，确有教育价值，可惜并未发生多少实际的效果：今之孔融，并不多见。

谦让作为一种仪式，并不是坏事，像天主教会选任主教时所举行的仪式就蛮有趣。就职的主教照例地当众谦逊三回，口说“nolo episcopari”，意即“我不要当主教”，然后照例地敦促三回终于勉为其难了。我觉得这样的仪式比宣誓就职之后再打通电声明固辞不获要好得多。谦让的仪式行久了，也许对于人心有潜移默化之功，使人在争权夺利奋不顾身之际，也不知不觉地举行起谦让的仪式。可惜我们人类的文明史尚短，潜移默化尚未奏大效，露出原始人的狰狞面目的时候要比雍雍穆穆地举行谦让仪式的时候多些。每次从公共汽车售票处杀进杀出，我心里就想：先王以礼治天下，实在有理。

排队

“民权初步”讲的是一般开会的法则，如果有人撰一续编，应该是讲排队。

如果你起个大早，赶到邮局烧头炷香，柜台前即使只有你一个人，你也休想能从容办事，因为柜台里面的先生小姐忙着开柜子、取邮票文件、调整邮戳，这时候就有顾客陆续进来，说不定一位站在你左边，一位站在你右边，也许是衣冠楚楚的，也许是破衣邋遢的，总之是会把你夹在中间。夹在中间的人未必有优先权，所以三个人就挤得很紧，胳膊粗、个子大、脚跟稳的占便宜。夹在中间的人也未必轮到第二名，因为说不定又有人附在你的背上，像长臂猿似的伸出一只胳膊越过你的头部拿着钱要买邮票。人越聚越多，最后像是橄榄球赛似的挤成一团，你想钻出来也不容易。

三人曰众，古有明训。所以三个人聚在一起就要挤成一堆。排队是洋玩意儿，我们所谓“鱼贯而行”都是在极不得已的情形之下所做的动作。晋书范汪传：“玄冬之月，沔汉干涸，皆当鱼贯而行，推排而进。”水不干涸谁肯循序而进，虽然鱼贯，仍不免于推排。我小时候，在北平有过一段经验，过年父亲常带我逛厂甸，进入海王村，里面有旧书铺、古玩铺、玉器摊，以及临时搭起的几个茶座儿。我父亲如入宝山，图书、古董都是他所爱好的，盘旋许久，乐此不疲，可是人潮汹涌，越聚越多。等到我们兴尽欲返的时候，大门口已经壅塞了。门口只有一个，进也是它，出也是它。而且谁也不理会应靠左边行，于是大门变成瓶颈，人人自由行动，卡成一团。也有不少人故意起哄，哪里人多往哪里挤，因为里面有的是大姑娘、小媳妇。父亲手里抱了好几包书，顾不了我。为了免于被人践踏，我由一位身材高大的警察抱着挤了出来。我从此没再去过厂甸，直到我自己长大有资格抱着我自己的孩子冲出杀进。

中国地方大，按说用不着挤，可是挤也有挤的趣味。逛隆福寺、护国寺，若是冷清清的凄凄惨惨觅觅，那多没有味儿！不过时代变了，人几乎天天到处要像是逛庙赶集。长年挤下去实在受不了，于是排队这洋玩意儿应运而兴。奇怪的是，这洋玩意儿兴了这么多年，至今还没有蔚成风气。长一辈的人在人多的地方横冲直撞，孩子们当然认为这是生存技能之一。学校不能负起教导的责任，因为教师就有许多是不守秩序的好手。法律无排队之明文规定，警察管不了这么多。大家自由活动，也能活下去。

不要以为不守秩序、不排队是我们民族性，生活习惯是可以改的。抗战胜利后我回到北平，家人告诉我许多敌伪横行霸道的事迹，其中之一是在前门火车站票房前面常有一名日本警察手持竹鞭来回巡视，遇到不排队就抢先买票的人，就一声不响高高举起竹鞭嗖的一声着着实实地抽在他的背上。挨了一鞭之后，他一声不响地排在队尾了。前门车站的秩序从此改良许多。我对此事的感想很复杂。不排队的人是应该挨一鞭子，只是不应该由日本人来执行。拿着鞭子打我们的人，我真想抽他十鞭子！但是，我们自己人就没有人肯对不排队的人下那个毒手！好像是基于同胞爱，开始是劝，继而还是劝，不听劝也就算了，大家不伤和气。谁也不肯扬起鞭子去取缔，腆颜说是“于法无据”。一条街定为单行道、一个路口不准向左转，又何所据？法是人定的，要什么样的生活方式便应该有什么样的法。

洋人排队另有一套，他们是不拘什么地方都要排队。邮局、银行、剧院无论矣，就是到餐厅进膳，也常要排队听候指引一一入座。人多了要排队，两三个人也要排队。有一次要吃比萨饼，看门口队伍很长，只好另觅食处。为了看古物展览，我参加过一次两千人左右的长龙，我到场的时候才有千把人，顺着龙头往下走，拐弯抹角，走了半天才找到龙尾，立定脚跟，不久回头一看，龙尾又不知伸展得何处去了。我仔细观察发现了一个秘密：洋人排队，浪费空间，他们排队占用一里，由我们来排队大概半里就足够。因为他们每个人与另一个人之间通常保持相当距离，没有肌肤之亲，也没有摩肩接踵之事。我们排队就亲热得多，紧迫盯人，唯恐脱节，前面人的胳膊肘会戳你的肋骨，后面人喷出的热气会轻拂你的脖梗。其缘故之一，大概是我们的人丁太旺而场地太窄。以我们的超级市场而论，实在不够超级，往往近于迷你，遇上八折的日子，付款处的长龙摆到货架里面去，行不得也。洋人的税捐处很会优待主顾，设备充分，偶然有七八个人排队，排得松松的，龙头走到柜台也有五步六步之遥。办起事来无左右受夹之烦，也无后顾催迫之感，从从容容，可以减少纳税人胸中许多戾气。

我们是礼义之邦，君子无所争，从来没有鼓励人争先恐后之说。很多地方我们都讲究揖让，尤其是几个朋友走出门口的时候，常不免于拉拉扯扯礼让了半天，其实鱼贯而行也就够了。我不太明白为什么到了陌生人聚集在一起的时候，便不肯排队，而一定要奋不顾身。

我小时候只知道上兵操时才排队。曾路过大栅栏同仁堂，柜台占两间门面，顾客经常是里三层外三层挤得水泄不通，多半是仰慕同仁堂丸散膏丹的大名而来办货的乡巴佬。他们不知排队犹可说也。奈何数十年后，工业已经起飞，都市中人还不懂得这生活方式中极为重要的一个项目？难道真需要那一条鞭子才行吗？

客

“只有上帝和野兽才喜欢孤独。”上帝吾不得而知之，至于野兽，则据说，成群结党者多，真正孤独者少。我们凡人，如果身心健全，大概没有不好客的。以欢喜幽独著名的 Thoreau 他在树林里也给来客安排得舒舒贴贴。我常幻想着“风雨故人来”的境界，在风飒飒雨霏霏的时候，心情枯寂，百无聊赖，忽然有客款扉，把握言欢，莫逆于心，来客不必如何风雅，但至少第一不谈物价升降，第二不谈宦海浮沉，第三不劝我保险，第四不劝我信教，乘兴而来，兴尽即返，这真是人生一乐。但是我们为客所苦的时候也颇不少。

很少的人家有门房，更少的人家有拒人千里之外的阍者，门禁既不森严，来客当然无阻，所以私人居处，等于日夜开放。有时主人方在厕上，客人已经升堂入室，回避不及，应接无术，主人鞠躬如也，客人呆若木鸡。有时主人方在用饭，而高轩贲止，便不能不效周公之“一饭三吐哺”，但是来客并无归心，只好等送客出门之后再补充些残羹剩饭。有时主人已经就枕，而不能不倒屣相迎。一天二十四小时之内，不知客人何时入侵，主动在客，防不胜防。

在西洋所谓客者是很稀罕的东西。因为他们办公有办公的地点，娱乐有娱乐的场所，住家专做住家之用。我们的风俗稍微不同一些。办公打牌吃茶聊天都可以在人家的客厅里随时举行的。主人既不能在座位上遍置针毡，客人便常有如归之乐。从前官场习惯，有所谓端茶送客之说，主人觉得客人应该告退的时候，便举起盖碗请茶，那时节一位训练有素的豪仆在旁一眼瞥见，便大叫一声："送客！"另有人把门帘高高打起，客人除了告辞之外，别无他法。可惜这种经济时间的良好习俗，今已不复存在，而且这种办法也只限于官场，如果我在我的小小客厅之内端起茶碗，由荆妻稚子在旁嘤然一声"送客"，我想客人会要疑心我一家都发疯了。

客人久坐不去，驱禳至为不易。如果你枯坐不语，他也许发表长篇独白，像个垃圾口袋一样，一碰就泄出一大堆，也许一根一根的纸烟不断地吸着，静听挂钟嘀嗒地响。如果你暗示你有事要走，他也许表示愿意陪你一道走。如果你问他有无其他的事情见教，他也许干脆告诉你来此只为闲聊天。如果你表示正在为了什么事情忙，他会劝你多休息一下。如果你一遍一遍地给他斟茶，他也许就一碗一碗的喝下去而连声说："主人别客气。"乡间迷信，恶客盘踞不去时，家人可在门后置一扫帚，用针频频刺之，客人便会觉得有刺股之痛，坐立不安而去。此法有人曾经实验，据云无效。

"茶，泡茶，泡好茶；坐，请坐，请上坐。"出家人犹如此势利，在家人更可想而知。但是为了常遭客灾的主人设想，茶与座二者常常因客而异，盖亦有说。夙好牛饮之客，自不便奉以“水仙”“云雾”，而精研茶经之士，又断不肯尝试那“高末”“茶砖”。茶卤加开水，浑浑满满一大盅，上面泛着白沫如啤酒，或漂着油彩如汽油，这固然令人恶心，但是如果名茶一盏，而客人并不欣赏，轻呷一口，盅缘上并不留下芬芳，留之无用，弃之可惜，这也是非常讨厌之事。所以客人常被分为若干流品，有能启用平日主人自己舍不得饮用的好茶者，有能享受主人自己日常享受的中上茶者，有能大量取用茶卤冲开水者，飨以“玻璃”者是为未入流。至于座处，自以直入主人的书房绣闼者为上宾，因为屋内零星物件必定甚多，而主人略无防闲之意，于亲密之中尚含有若干敬意，做客至此，毫无遗憾；次焉者厕前檐下随处接见，所谓班荆道故，了无痕迹；最下者则肃入客厅，屋内只有桌椅板凳，别无长物，主人着长袍而出，寒暄就座，主客均客气之至。在厨房后门伫立而谈者是为未入流。我想此种差别待遇，是无可如何之事，我不相信孟尝门客三千而待遇平等。

人是永远不知足的。无客时嫌岑寂，有客时嫌烦嚣，客走后扫地抹桌又另有一番冷落空虚之感。问题的症结全在于客的素质，如果素质好，则未来时想他来，既来时想他不走，既走想他再来；如果素质不好，未来时怕他来，既来了怕他不走，既走怕他再来。虽说物与类聚，但不速之客甚难预防。“夜半待客客不至，闲敲棋子落灯花”，那种境界我觉得最足令人低徊。

旁若无人

在电影院里，我们大概都常遇到一种不愉快的经验。在你聚精会神地静坐着看电影的时候，会忽然觉得身下坐着的椅子颤动起来，动得很匀，不至于把你从座位里掀出去；动得很促，不至于把你颠摇入睡，颤动之快慢急徐，恰好令你觉得他讨厌。大概是轻微地震罢？左右探察震源，忽然又不颤动了。在你刚收起心来继续看电影的时候，颤动又来了。如果下决心寻找震源，不久就可以发现，毛病大概是出在附近的一位先生的大腿上。他的足尖踏在前排椅撑上，绷足了劲，利用腿筋的弹性，很优游地在那里发抖。如果这拘挛性的动作是由于羊痫风一类的病症的暴发，我们要原谅他，但是不像，他嘴里并不吐白沫。看样子也不像是神经衰弱，他的动作是能收能发的，时作时歇，指挥如意。若说他是有意使前后左右两排座客不得安生，却也不然。全是陌生人无仇无恨，我们站在被害人的立场上看，这种变态行为只有一种解释，那便是他的意志过于集中，忘记旁边还有别人，换言之，便是“旁若无人”的态度。

“旁若无人”的精神表现在日常行为上者不只一端。例如欠伸，原是常事，“气乏则欠，体倦则伸”。但是在稠人广众之中，张开血盆巨口，做吃人状，把口里的獠牙显露出来，再加上伸胳臂伸腿如演太极，那样子就不免吓人。有人打哈欠还带音乐的，其声呜呜然，如吹号角，如鸣警报，如猿啼，如鹤唳，音容并茂，礼记:“侍坐于君子，君子欠伸，撰杖屦,视日蚤莫,侍坐者请出矣。”是欠伸合于古礼,但亦以“君子”为限，平民岂可援引，对人伸胳臂张嘴，纵不吓人，至少令人觉得你是在逐客，或是表示你自己不能管制你自己的肢体。

邻居有叟，平常不大回家，每次归来必令我闻知。清晨有三声喷嚏，不只是清脆，而且洪亮，中气充沛，根据那声音之响我揣测必有异物入鼻，或是有人插入纸捻，那声音撞击在脸盆之上有金石声！随后是大排场的漱口，真是排山倒海，犹如骨鲠在喉，又似苍蝇下咽。再随后是三餐的饱嗝，一串串的咯声，像是下水道不甚畅通的样子。可惜隔着墙没能看见他剔牙，否则那一份刮垢磨光的钻探工程，场面也不会太小。

这一切“旁若无人”的表演究竟是偶然突发事件，经常令人困恼的乃是高声谈话。在喊救命的时候，声音当然不嫌其大，除非是脖子被人踩在脚底下，但是普通的谈话似乎可以令人听见为度，而无须一定要力竭声嘶地去振聋发聩。生理学告诉我们，发音的器官是很复杂的，说话一分钟要有九百个动作，有一百块筋肉在弛张，但是大多数人似乎还嫌不足，恨不得嘴上再长一个扩大器。有个外国人疑心我们国人的耳鼓生得异样，那层膜许是特别厚，非扯着脖子喊不能听见，所以说话总是像打架。这批评有多少真理，我不知道。不过我们国人会嚷的本领，是谁也不能否认的。电影场里电灯初灭的时候，总有几声“哎哟，小三儿，你在哪儿哪?”在戏院里，演员像是演哑剧，大锣大鼓之声依稀可闻，主要的声音是观众鼎沸，令人感觉好像是置身蛙塘。在旅馆里，好像前后左右都是庙会，不到夜深休想安眠，安眠之后难免没有响皮底的大皮靴毫无惭愧地在你门前踱来踱去。天未大亮，又有各种市声前来侵扰。一个人大声说话，是本能；小声说话，是文明。以动物而论，狮吼，狼嗥，虎啸，驴鸣，犬吠，即是小如促织、蚯蚓，声音都不算小，都不会像人似的有时候也会低声说话。大概文明程度愈高，说话愈不以声大见长。群居的习惯愈久，愈不容易存留“旁若无人”的幻觉。我们以农立国，乡间地旷人稀，畎亩阡陌之间，低声说一句“早安”是不济事的，必得扯长脖子喊一声“你吃过饭啦?”可怪的是，在人烟稠密的所在，人的喉咙还是不能缩小。更可异的是，纸驴嗓，破锣嗓，喇叭嗓，公鸡嗓，并不被一般地认为是缺陷，而且麻衣相法还公然地说，声音洪亮者主贵！

叔本华有一段寓言：“一群豪猪在一个寒冷的冬天挤在一起取暖，但是他们的刺毛开始互相击刺，于是不得不分散开。可是寒冷又把他们驱在一起，于是同样的事故又发生了。最后，经过几番的聚散，他们发现最好是彼此保持相当的距离。同样地，群居的需要使得人形的豪猪聚在一起，只是他们本性中的带刺的令人不快的刺毛使得彼此厌恶。他们最后发现的使彼此可以相安的那个距离，便是那一套礼貌；凡违犯礼貌者便要受严词警告——用英语来说——请保持相当距离。用这方法，彼此取暖的需要只是相当的满足了；可是彼此可以不至互刺。自己有些暖气的人情愿走得远远的，既不刺人，又可不受人刺。”

逃避不是办法。我们只是希望人形的豪猪时常地提醒自己：这世界上除了自己还有别人，人形的豪猪既不止我一个，最好是把自己的大大小小的刺毛收敛一下，不必像孔雀开屏似的把自己的刺毛都尽量地伸张。

同学

同学，和同乡不同。只要是同一乡里的人，便有乡谊。同学则一定要有同窗共砚的经验，在一起读书，在一起淘气，在一起挨打，才能建立起一种亲切的交情，尤其是日后回忆起来，别有一番情趣。纵不曰十年窗下，至少三五年的聚首总是有的。从前书房狭小，需要大家挤在一个窗前，窗间也许著一鸡笼，所以书房又名曰鸡窗。至于帮硬死沉的砚台，大家共用一个，自然是经济合理。

自有学校以来，情形不一样了。动辄几十人一班，百多人一级，一批一批的毕业，像是蒸锅铺的馒头，一屉一屉地发售出去。他们是一个学校的毕业生，毕业的时间可能相差几十年。祖父和他的儿孙可能是同一学校毕业，但是不便称为同学。彼此相差个十年八年的，在同一学校里根本没有碰过头的人，只好勉强解嘲自称为先后同学了。

小时候的同学，几十年后还能知其下落的恐怕不多。我小学同班的同学二十余人，现在记得姓名的不过四五人。其中年龄较长身材最高的一位，我永远不能忘记，他脑后半长的头发用红头绳紧密扎起的小辫子，在脑后挺然翘起，像是一根小红萝卜。他善吹喇叭，毕业后投步军统领门当兵，在“堆子”前面站岗，拄着上刺刀的步枪，满神气的。有一位满脸疙瘩噜嗉，大家送他一个绰号“小炸丸子”，人缘不好，偏爱惹事，有一天犯了众怒，几个人把他抬上讲台，按住了手脚，扯开他的裤带，每个人在他裤裆里吐一口唾液！我目睹这惊人的暴行，难过很久。又有一位好奇心强，见了什么东西都喜欢动手，有一天迟到，见了老师为实验冷缩热涨的原理刚烧过的一只铁球，过去一把抓起，大叫一声，手掌烫出一片的溜浆大泡。功课最好写字最工的一位，规行矩步，主任老师最赏识他，毕业后，于某大书店分行由学徒做到经理。再有一位由办事员做到某部司长。此外则人海茫茫，我就都不知其所终了。

有人成年之后怕看到小时候的同学，因为他可能看见过你一脖子泥、鼻涕过河往袖子上抹的那副脏相，他也许看见过你被罚站、打手板的那副窘相。他知道你最怕人知道你的乳名，不是“大和尚”就是“二秃子”，不是“栓子”就是“大柱子”，他会冷不防地在大庭广众之中猛喊你的乳名。使你脸红。不过我觉得这也没有什么不好。小时候嬉嬉闹闹，天真率直，那一段纯稚的光景已一去而不可复得，如果长大之后还能邂逅一两个总角之交，勾起童时的回忆，不也快慰生平吗?

我进了中学便住校，一住八年。同学之中有不少很要好的，友谊保持数十年不坠，也有因故翻了脸扭过脖子的。大多数只是在我心中留下一个面貌謦欬的影子。我那一级同学有八九十人，经过八年时间的淘汰过滤，毕业时仅得六七十人，而我现在记得姓名的约六十人。其中有早天的，有因为一时糊涂顺手牵羊而被开除的，也有不知什么原故忽然辍学的，而这剩下的一批，毕业之后多年来天各一方，大概是“动如参与商”了。我来台湾，数同级的同学得十余人，我们还不时的杯酒聊欢，恰满一桌。席间，无所不谈。谈起有一位绰号“烧饼”，因为他的头扁而圆，取其形似。在体育馆中他翻双杠不慎跌落，旁边就有人高呼：“留神芝麻掉了！”烧饼早已不在，谈起来大家无不唏嘘。又谈起一位绰号“臭豆腐”，只因他上作文课，卷子上涂抹之处太多，东一团西一块的尽是墨猪，老师看了一皱眉头说：“你写的是什么字，漆黑一块块的，像臭豆腐似的！”哄堂大笑，（北方的臭豆腐是黑色的，方方的小块）于是臭豆腐的绰号不胫而走。如今大家都做了祖父，这样的称呼不雅，同人公议，摘除其中的一个臭字，简称他为豆腐，直到如今。还有一位绰号叫“火车头”，因为他性偏急，出语如连珠炮，气咻咻，唾沫飞溅，做事横冲直撞，勇猛向前，所以赢得这样的一个绰号，抗战期间不幸死于日寇之手。我们在台的十几个同学，轮流做东，宴会了十几次，以后便一个个地凋谢，溃不成军，凑不起一桌了。

同学们一出校门，便各奔前程。因修习的科目不同，活动的范围自异。风云际会，拖青纡紫者有之；踵武陶朱，腰缠万贯者有之；有一技之长，出人头地者有之；而坐拥皋比，以至于吃不饱饿不死者亦有之。在校的时候，品学俱佳，头角峥嵘，以后未必有成就。所谓“小时了了，大未必佳”，确是不刊之论。不过一向为人卑鄙投机取巧之辈，以后无论如何翻云覆雨，也逃不过老同学的法眼。所以有些人回避老同学唯恐不及。

杜工部漂泊西南的时候，叹老嗟贫，咏出“同学少年多不贱，五陵裘马自轻肥”的句子。那个“自”字好不令人惨然！好像是衮衮诸公裘马轻肥，就是不管他“一家都在秋风里”。其实同学少年这一段交谊不攀也罢。“衣敝缊袍，与衣狐貉者立”，纵然不以为耻，可是免不了要看人的嘴脸。

乞丐

在我住的这一个古老的城里，乞丐这一种光荣的职业似乎也式微了。从前街头巷尾总点缀着一群三分像人七分像鬼的家伙，缩头缩脑地挤在人家房檐底下晒太阳，捉虱子，打瞌睡，啜冷粥，偶尔也有些个能挺起腰板，露出笑容，老远的就打躬请安，满嘴的吉祥话，追着洋车能跑上一里半里，喘得像只风箱。还有些扯着哑嗓穿行街巷大声的哀号，像是担贩的吆喝。这些人现在都到哪里去了？

据说，残羹剩饭的来源现在不甚畅了，大概是剩下来的鸡毛蒜皮和一些汤汤水水的东西都被留着自己度命了，家里的一个大坑还填不满，怎能把余沥去滋润别人！一个人单靠喝西北风是维持不了多久的。追车乞讨吗？车子都渐渐现代化，在沥青路上风驰电掣，飞毛腿也追不上。汽车停住，砰的一声，只见一套新衣服走了出来，若是一个乞丐赶上前去，伸出胳膊，手心朝上，他能得到什么？给他一张大票，他找得开吗？沿街托钵，呼天抢地也没有用。人都穷了，心都硬了，耳都聋了。偌大的城市已经养不起这种近于奢侈的职业。不过，乞丐尚未绝种，在靠近城根的大垃圾山上，还有不少同志在那里发掘宝藏，埋头苦干，手脚并用，一片喧逐。他们并不扰乱治安，也不侵犯产权，但是，说老实话，这群乞丐，无益税收，有碍市容，所以难免不像捕捉野犬那样的被捉了去。饿死的饿死，老成凋谢，继起无人，于是乞丐一业逐渐衰微。

在乞丐的艺术还很发达的时候，有一个乞讨的妇人给我很深的印象。她的巡回的区域是在我们学校左近。她很知道争取青年，专以学生为对象。她看见一个学生远远地过来，她便在路旁立定，等到走近，便大喊一声“敬礼”，举手、注视、一切如仪。她不喊“爷爷”“奶奶”，她喊“校长”，她大概知道新的升官图上的晋升的层次。随后是她的申诉，其中主要的一点是她的一个老母，年纪是八十。她继续乞讨了五六年，老母还是八十。她很机警，她追随几步之后，若是觉得话不投机，她的申诉便戛然而止，不像某些文章那样啰唆。她若是得到一个铜板，她的申诉也戛然而止，像是先生听到下课铃声一般。这个人如果还活着，我相信她一定能编出更合时代潮流的一套新词。

我说乞丐是一种光荣的职业，并不含有鼓励懒惰的意思。乞丐并不是不劳而获的人，你看他晒得黧黑干瘦，跑得上气不接下气，何曾安逸。而且他取不伤廉，勉强维持他的灵魂与肉体不至涣散而已。他的乞食的手段不外两种：一是引人怜，一是讨人厌。他满口“祖宗”“奶奶”的乱叫，听者一旦发生错觉，自己的孝子贤孙居然沦落到这地步，恻隐之心就会油然而起。他若是背有瞎眼的老妈在你背后亦步亦趋，或是把畸形的腿露出来给你看，或是带着一窝的孩子环绕着你叫唤，或是在一块硬砖上稽颡在额上撞出一个大包，或是用一根草棍支着那有眼无珠的眼皮，或是像一个“人彘”似的就地擦着，或者申说遭遇，比“舍弟江南死，家兄塞北亡”还要来得凄怆，那么你那磨得帮硬的心肠也许要露出一丝的怜悯。怜悯不能动人，他还有一套讨厌的办法。他满脸的鼻涕眼泪，你越厌烦，他挨得越近，看看随时都会贴上去的样子，这时你便会情愿出钱打发他走开，像捐款做一桩卫生事业一般。不管是引人怜或是讨人厌，不过只是略施狡狯，无伤大雅。他不会伤人，他不会犯法；从没有一个人想伤害一个乞丐，他的那一把骨头，不足以当尊臂，从没有一种法律要惩治乞丐，乞丐不肯触犯任何法律所以才成为乞丐。乞丐对社会无益，至少也是并无大害，顶多是有一点有碍观瞻，如有外人参观，稍稍避一下也就罢了。有人以为乞丐是社会的寄生虫，话并不错，不过在寄生虫这一门里，白胖的多得是，一时怕数不到他罢？

从没有听说过什么人与乞丐为友，因而亦流于乞丐。乞丐永远是被认为现世报的活标本。他的存在饶有教育意义。无论交友多么泛的人，交不到乞丐，乞丐自成为一个阶级，真正的无产阶级，(除了那只砂锅)。乞丐是人群外的一种人。他的生活之最优越处是自由；鹑衣百结，无拘无束，街头流浪，无签到请假之烦，只求免于冻馁，富于我如浮云。所以俗语说：“三年要饭，给知县都不干。”乞丐也有他的穷乐。我曾像一群乞丐享用一只“花子鸡”的景况，我相信那必是一种极纯洁的快乐。Charles Lamb 对于乞丐有这样的赞颂：

“褴褛的衣衫，是贫穷的罪过，却是乞丐的袍褂，他的职业的优美的标识，他的财产，他的礼服，他公然出现于公共场所的服装。他永远不会过时，永远不追在时髦后面。他无须穿着宫廷的丧服。他什么颜色都穿。什么也不怕。他的服装比桂格教派的人经过的变化还少。他是宇宙间唯一可以不拘外表的人。世间的变化与他无干。只有他屹然不动。股票与地产的价格不影响他。农业的或商业的繁荣也与他无涉，最多不过是给他换一批施主。他不必担心有人找他做保。没有人肯过问他的宗教或政治倾向。他是世界上唯一的自由人。”

话虽如此，谁不到山穷水尽谁也不肯做这样的自由人。只有一向做神仙的，如李铁拐和济公之类，游戏人间的时候，才肯短期地化身为一个乞丐。

诗人

有人说："在历史里一个诗人似乎是神圣的，但是一个诗人在隔壁便是个笑话。"这话不错。看看古代诗人画像，一个个的都是宽衣博带，飘飘欲仙，好像不食人间烟火的样子，"辋川图"里的人物，弈棋饮酒，投壶流觞，一个个的都是儒冠羽衣，意态萧然，我们只觉得摩诘当年，千古风流，而他在苦吟时堕入醋瓮里的那副尴尬相，并没有人给他写书流传。我们凭吊浣花溪畔的工部草堂，遥想杜陵野老典衣易酒卜居茅茨之状，吟哦沧浪，主管风骚，而他在耒阳狂啖牛炙白酒胀饫而死的景象，却不雅观。

我们对于死人，照例是隐恶扬善，何况是古代诗人，篇章遗传，好像是痰唾珠玑，纵然有些小小乖僻，自当加以美化，更可资为谈助。王摩诘堕入醋瓮，是他自己的醋瓮，不是我们家的水缸，杜工部旅中困顿，累的是耒阳知县，不是向我家叨扰。一般人读诗，犹如观剧，只是在前台欣赏，并无须厕身后台打听优伶身世，即使刺听得多少奇闻逸事，也只合作为梨园掌故而已。

假如一个诗人住在隔壁，便不同了。虽然几乎家家门口都写着“诗书继世长”，懂得诗的人并不多。如果我是一个名利中人，而隔壁住着一个诗人，他的大作永远不会给我看，我看了也必以为不值一文钱，他会给我以白眼，我看看他一定也不顺眼。诗人没有常光顾理发店的，他的头发做飞蓬状，做狮子狗状，做艺术家状。他如果是穿中装的，一定像是算命瞎子，两脚泥；他如果是穿西装的，一定是像卖毛毯子的白俄，一身灰。他游手好闲，他白昼做梦，他无病呻吟，他有时深居简出，闭门谢客，他有时终年流浪，到处为家，他哭笑无常，他饮食无度，他有时贫无立锥，他有时挥金似土。

如果是个女诗人，她口里可以衔支大雪茄；如果是男的，他向各形各色的女人去膜拜。他喜欢烟、酒、小孩、花草、小动物——他看见一只老鼠可以作一首诗，他在胸口上摸出一只虱子也会作成一首诗。他的生活习惯有许多与人不同的地方。有一个人告诉我，他曾和一个诗人比邻，有一次同出远游，诗人未带牙刷，据云留在家里为太太使用，问之曰：“你们原来共用一把吗？”诗人大惊曰：“难道你们是各用一把吗？”

诗人住在隔壁，是个怪物，走在街上尤易引起误会。伯朗宁有一首诗《当代人对诗人的观感》，描写一个西班牙的诗人性好观察社会人生，以致被人误认为是一个特务，这是何等的讥讽！他穿的是一身破旧的黑衣服，手杖敲着地，后面跟着一条秃瞎老狗，看着鞋匠修理皮鞋，看人切柠檬片放在饮料里，看焙咖啡的火盆，用半只眼睛看书摊，谁虐打牲畜谁咒骂女人都逃不了他的注意——所以他大概是个特务，把观察所得呈报国王。看他那个模样儿，上了点年纪，那两道眉毛，亏他的眼睛在下面住着！鼻子的形状和颜色都像魔爪。

某甲遇难，某乙失踪，某丙得到他的情妇——还不都是他干下的事？他费这样大的心机，也不知得多少报酬。大家都说他回家用晚膳的时候，灯火辉煌，墙上挂着四张名画，二十名女人给他捧盘换盏。其实，这可怜的人过的乃是另一种生活，他就住在桥边第三家，新油刷的一幢房子，全街的人都可以看见他交叉着腿，把脚放在狗背上，和他的女仆在打纸牌，吃的是酪饼水果，十点钟就上床睡了。他死的时候还穿着那件破大衣，没膝的泥，吃的是面包壳，脏得像一条熏鱼！

这位西班牙的诗人还算是幸运的，被人当作特务，在另一个国度里，这样一个形迹可疑的诗人可能成为特务的对象。

变戏法的总要念几句咒，故弄玄虚，增加他的神秘，诗人也不免几分江湖气，不是谪仙，就是鬼才，再不就是梦笔生花，总有几分阴阳怪气。外国诗人更厉害，作诗时能直接祷求神助，好像是仙灵附体的样子。

一颗沙里看出一个世界，

一朵野花里看出一个天堂，

把无限抓在你的手掌里

把永恒放进一刹那的时光。

若是没有一点慧根的人，能说出这样的鬼话吗？你不懂？你是蠢材！你说你懂，你便可跻身于风雅之林，你究竟懂不懂，天知道。

大概每个人都曾经有过做诗人的一段经验。在“怨黄莺儿作对，怪粉蝶儿成双”的时节，看花谢也心惊，听猫叫也难过，诗就会来了，如枝头舒叶那么自然。但是入世稍深，渐渐煎熬成为一颗“煮硬了的蛋”，散文从门口进来，诗从窗口出去了。“嘴唇在不能亲吻的时候才肯唱歌。”一个人如果达到相当年龄，还不失赤子之心，经风吹雨打，方寸间还能诗意盎然，他是得天独厚，他是诗人。

诗不能卖钱，一首新诗，如拈断数根须即能脱稿，那成本还是轻的，怕的是像牡蛎肚里的一颗明珠，那本是一块病，经过多久的滋润涵养才能磨炼孕育成功，写出来到哪里去找顾主？诗不能给富人客厅里摆设做装潢，诗不能给广大的读者以娱乐。富人要的是字画珍玩，大众要的是小说戏剧，诗，短短一橛，充篇幅都不中用。诗是这样无用的东西，所以以诗为业的诗人，如果住在你的隔壁，自然是个笑话。将来在历史上能否就成为神圣，也很渺茫。

医生

医生是一种神圣的职业，因为他能解除人的痛苦，着手成春。有一个人，有点老毛病，常常发作，闹得死去活来，只要一听说延医，病就先去了八分，等到医生来到，霍然而愈。试脉搏心跳完全正常，医生只好愕然而退，延医的人真希望病人的痛苦稍延长些时。这是未着手就已成春的一例。可是医生一不小心，或是虽已小心而仍然犯错误，他随时也有机会减短人的寿命。据说庸医的药方可以辟鬼，比钟馗的像还灵，胆小的夜行人举着一张药方就可以通行无阻，因为鬼中有不少生前吃过那样药方的亏的，死后还是望而生畏。医生以济世活人为职志，事实上是掌握着生杀大权的。

说也奇怪，在舞台上医生大概总是由丑角扮演的。看过《老黄请医》的人总还记得那个医生的脸上是涂着一块粉的。在外国也是一样，在莫里哀或是拉毕施的笔下，医生也是令人啼笑皆非的人物。为什么医生这样的不受人尊敬呢？我常常纳闷。

大概人在健康的时候，总是把医药看作不祥之物，就是有点头晕脑热，也并不慌，保国粹者喝午时茶，通洋务者服阿司匹林，然后蒙头大睡，一汗而愈。谁也不愿常和医生交买卖。一旦病势转剧，伏枕哀鸣，深为造物小儿所苦，这时候就不能再忘记医生了。记得小时候家里延医，人驾一到，家人真是倒屣相迎，请入上座，捧茶献烟，环列伺候，毕恭毕敬，医生高踞上座并不谦让，吸过几十筒水烟，品过几盏茶，谈过了天气，叙过了家常，抱怨过了病家之多，此后才能开始他那一套望闻问切君臣佐使。再倒茶、再装烟，再扯几句淡话（这时节可别忘了偷偷地把“马钱”送给车夫），然后恭送如仪。我觉得那威风不小。可是奉若神明也只限于这一短短的时期，一俟病人霍然，医生也就被丢在一旁。至于登报鸣谢悬牌挂匾的事，我总是怀疑究竟是何方主使，我想事前总有一个协定。有一个病人住医院，一只脚已经伸进了棺木，在病人看来这是一件很关重要的事情。在医生看来这是常见的事，老实说医生心里也是很着急的，他不能露出着急的样子，病人的着急是不能隐藏的，于是许愿说如果病瘳要捐赠医院若干若干，等到病愈出院早把心愿抛到九霄云外，医生追问他时，他说：“我真说过这样的话吗？你看，当时我病得多厉害！”大概病人对医生没有多少好感，不病时以医生为不祥，既病则不能不委曲逢迎他，病好了就把他一脚踢开，人是这样的忘恩负义的一种动物，有几个人能像 Androclus 遇见的那只狮子？所以医生以丑角的姿态在舞台上出现，正好替观众发泄那平时不便表示的积愤。

可是医生那一方面也有许多别扭的地方。他若是登广告，和颜悦色地招徕主顾，立刻有人挖苦他：“你们要找庸医么，打开报纸一看便是。”

所以他被迫采取一种防御姿势，要相当的傲岸。尽管门口鬼多人少，也得做出忙的样子。请他去看病，他不能去得太早，要你等得三催六请，像大旱之后云霓一般而出现。没法子，忙。你若是登门求治，挂号的号码总是第九十九号，虽然不至于拉上自己的太太小姐，坐在候诊室里来壮声势，总得摆出一种排场，令你觉得他忙，忙得不能和你多说一句话。好像是算命先生如果要细批流年需要卦金另议一般。不过也不能一概而论，医生也有健谈的，病人尽管愁眉苦脸，他能谈笑风生。我还知道一些工于应酬的医生，在行医之前，先行一套相法，把病人的身份打量一番，对什么样的人说什么样的话。明明是西医，他对一位老太婆也会说一套阴阳五行的伤寒论，对于愿留全尸的人他不坚持打针，对于怕伤元气的人他不用泻药。明明的不知病原所在，他也得撰出一篇相当的脉案的说明，不能说不知道，“你不知道就是你没有本事”，说错了病原总比说不出病原令出诊的人觉得不冤枉些。大概发烧即是火，咳嗽就是伤寒，有痰就是肺热，腰疼即是肾亏，大概总没有错。摸不清病原也要下药，医生不开方就不是医生，好在符箓一般的药方也不容易被病人辨认出来。因为种种情形的逼迫，医生不能不有一本生意经。

生意经最精的是兼营药业，诊所附设药房，开了方子立刻配药，几十个瓶子配来配去变化无穷，最大的成本是那盛药水的小瓶，收费言无二价。出诊的医生随身带着百宝箱，灵丹妙药一应俱全，更方便，连药剂师都自兼了。

天下是有不讲理的人，“医生医病不治命”，但是打医生摘匾的事却也常有。所以话要说在前头，芝麻大的病也要说得如火如荼不可轻视，病好了是他的功劳，病死了怪不得人。如果真的疑难大症撞上门来，第一步先得说明来治太晚，第二步要模棱地说如果不生变化可保无虞，第三步是姑投以某某药剂以观后果，第四步是敬谢不敏另请高明，或是更高明地给介绍到某某医院，其诀曰："推。"

我并不责难医生。我觉得医生里面固然庸医不少，可是病人里的混虫也很多。有什么样子的病人就有什么样的医生，天造地设。

音乐

一个朋友来信说："……我从来没有像现在这样烦恼过。住在我的隔壁的是一群在 ××× 服务的女孩子，一回到家便大声歌唱，所唱的无非是些 ×× 歌曲，但是她们唱的腔调证明她们从来没有考虑过原制曲者所要产生的效果。我不能请她们闭嘴，也不能喊'通'！只得像在理发馆洗头时无可奈何地用棉花塞起耳朵来……"

我同情于这位朋友，但是他的烦恼不是他一个人有的。我常想，音乐这样东西，在所有的艺术里，是最富于侵略性的。别种艺术，如图画雕刻，都是固定的，你不高兴欣赏便可以不必寓目，各不相扰；唯独音乐，声音一响，随着空气波荡而来，照直侵入你的耳朵，而耳朵平常都是不设防的，只得毫无抵御地任它震荡刺激。自以为能书善画的人，诚然也有令人不舒服的时候；据说有人拿着素扇跪在一位书画家面前，并非敬求墨宝，而是求他高抬贵手，别糟蹋他的扇子。这究竟是例外情形。书画家并不强迫人家瞻仰他的作品，而所谓音乐也者，则对于凡是在音波所及的范围以内的人，一律强迫接受，也不管其效果是沁人肺腑，抑是令人作呕。

我的朋友对隔壁音乐表示不满，那情形还不算严重。我曾经领略过一次四人合唱，使我以后对于音乐会一类的集会轻易不敢问津。一阵彩声把四位歌者送上演台，钢琴声响动，四位歌者同时张口，我登时感觉有五种高低急徐全然不同的调子乱擂我的耳鼓，四位歌者唱出四个调子，第五个声音是从钢琴里发出来的！五缕声音搅作一团，全不和谐。当时我就觉得心旌战动，飘飘然如失却重心，又觉得身临歧路，彷徨无主的样子。我回顾四座，大家都面面相觑，好像都各自准备逃生，一种分崩离析的空气弥漫于全室。像这样的音乐是极伤人的。

“音乐的耳朵”不是人人有的，这一点我承认，也许我就是缺乏这种耳朵。也许是我的环境不好，使我的这种耳朵，没有适当的发育。我记得在学校宿舍里住的时候，对面楼上住着一位音乐家，还是“国乐”，每当夕阳下山，他就临窗献技，引吭高歌，配着胡琴他唱“我好比……”，在这时节我便按捺不住，颇想走到窗前去大声地告诉他，他好比是什么。我顶怕听胡琴，北平最好的名手 ×× 我也听过多少次数，无论他技巧怎样纯熟，总觉得唧唧的声音像是指甲在玻璃上抓。别种乐器，我都不讨厌，曾听古琴弹奏一段“梧桐雨”，琵琶乱弹一段“十面埋伏”，都觉得那确是音乐，唯独胡琴与我无缘。莎士比亚的《威尼斯商人》里曾说起有人一听见苏格兰人的风笛便要小便，那只是个人的怪癖。我对胡琴的反感亦只是一种怪癖罢？皮黄戏里的青衣花旦之类，在戏院广场里令人毛发倒竖，若是清唱则尤不可当，嘤然一叫，我本能地要抬起我的脚来，生怕是脚底下踩了谁的脖子！近听汉戏，黑头花脸亦唧唧锐叫，令人坐立不安；秦腔尤为激昂，常令听着随之手忙脚乱，不能自已。我可以听音乐，但若声音发自人类的喉咙，我便看不得粗了脖子红了脸的样子。我看着危险！我着急。

真正听京戏的内行人怀里揣着两包茶叶，镀到边厢一坐，听到妙处，摇头摆尾，随声击节，闭着眼睛体味声调的妙处，这心情我能了解，但是他付了多大的代价！他听了多少不愿听的声音才能换取这一点音乐的陶醉！到如今，听戏的少，看戏的多。唱戏的亦竞以肺壮气长取胜，而不复重韵味，唯简单节奏尚是多数人所能体会，铿锵的锣鼓，油滑的管弦，都是最简单不过的，所以缺乏艺术教养的人，如一般大腹贾，大人先生，大学教授，大家闺秀，大名士，大豪绅，都趋之若鹜，自以为是在欣赏音乐！

在中西文化的交流中，我们的音乐（戏剧除外）也在蜕变，从“毛毛雨”起以至于现在流行 ××× 之类，都是中国小调与西洋某一级音乐的混合，时而中菜西吃，时而西菜中吃，将来成为怎样的定型，我不知道。我对音乐既不能做丝毫贡献，所以也很坦然的甘心放弃欣赏音乐的权利，除非为了某种机缘必须“共襄盛举”不得不到场备员。至于像我的朋友所抱怨的那种隔壁歌声，在我则认为是一种不可避免的自然现象，恰如我们住在屠宰场的附近便不能不听见猪叫一样，初听非常凄绝，久后亦就安之。夜深人静，荒凉的路上往往有人高唱“一马离了西凉界，……”我原谅他，他怕鬼，用歌声来壮胆，其行可恶，其情可悯。但是在天微明时练习吹喇叭，则是我所不解。“打——搭——大——滴——”一声比一声高，高到声嘶力竭，吹喇叭的人显然是很吃苦，可是把多少人的睡眠给毁了，为什么不在另一个时候练习呢?

在原则上,凡是人为的音乐,都应该宁缺毋滥。因为没有人为的音乐，顶多是落个寂寞。而按其实，人是不会寂寞的。小孩的哭声，笑声，小贩的吆喝声，邻人的打架声，市里的喧豗声，到处“吃饭了吗?”“吃饭了吗?”的原是应酬而现在变成性命攸关的回答声——实在寂寞极了，还有村里的鸡犬声！最令人难忘的还有所谓天籁。秋风起时，树叶飒飒的声音，一阵阵袭来，如潮涌；如急雨；如万马奔腾；如衔枚疾走；风定之后，细听还有枯干的树叶一声声地打在阶上。秋雨落时，初起如蚕食桑叶，窸窸窣窣，继而淅淅沥沥，打在蕉叶上清脆可听。风声雨声，再加上虫声鸟声，都是自然的音乐，都能使我发生好感，都能驱除我的寂寞，何贵乎听那“我好比……我好比……”之类的歌声？然而此中情趣，不足为外人道也。

脸谱

我要说的脸谱不是旧剧里的所谓“整脸”“碎脸”“三块瓦”之类，也不是麻衣相法里所谓观人八法“威、厚、清、古、孤、薄、恶、俗”之类。我要谈的脸谱乃是每天都要映入我们眼帘的形形色色的活人的脸。旧戏脸谱和麻衣相法的脸谱，那乃是一些聪明人从无数活人脸中归纳出来的几个类型公式，都是第二手的资料，可以不管。

古人云“人心不同，各如其面”，那意思承认人面不同是不成问题的。我们不能不叹服人类创造者的技巧的神奇，差不多的五官七窍，但是部位配合，变化无穷，比七巧板复杂多了。对于什么事都讲究“统一”“标准化”的人，看见人的脸如此复杂离奇，恐怕也无法训练改造，只好由它自然发展罢？假使每一个人的脸都像是从一个模子里翻出来的，一律的浓眉大眼，一律的虎额龙隼，在排起队来检阅的时候固然甚为壮观整齐，但不便之处必定太多，那是不可想象的。

人的脸究竟是同中有异，异中有同，否则也就无所谓谱。就粗浅的经验说，人的脸大致别为二种，一种是令人愉快的，一种是令人不愉快的。

凡是常态的，健康的，活泼的脸，都是令人愉快的，这样的脸并不多见。令人不愉快的脸，心里有一点或很多不痛快的事，很自然地把脸拉长一尺，或是罩上一层阴霾，但是这张脸立刻形成人与人之间的隔阂，立刻把这周围的气氛变得阴沉。假如，在可能范围之内，努力把脸上的筋肉松弛一下，嘴角上挂出一个微笑，自己费力不多，而给予人的快感甚大，可以使得这人生更值得留恋一些。我永不能忘记那永长不大的孩子潘彼得，他嘴角上永远挂着微笑，那是永恒的象征。一个成年人若是完全保持一张孩子脸，那也并不是理想的事，除了给“婴儿自己药片”做商标之外，也不见得有什么用处。不过赤子之天真，如在脸上还保留一点痕迹，这张脸对于人类的幸福是有贡献的。令人愉快的脸，其本身是愉快的，这与老幼妍媸无关。丑一点，黑一点，下巴长一点，鼻梁塌一点，都没有关系，只要上面漾着充沛的活力，便能辐射出神奇的光彩，不但有光，还有热，这样的脸能使满室生春，带给人们兴奋、光明、调谐、希望、欢欣。一张眉清目秀的脸，如果恹恹无生气，我们也只好当作石膏像来看待了。

我觉得那是一个很好的游戏：早起出门，留心观察眼前活动的脸，看看其中有多少类型，有几张使你看了一眼之后还想再看？

不要以为一个人只有一张脸。女人不必说，常常“上帝给她一张脸，她自己另造一张”。不涂脂粉的男人的脸，也有“卷帘”一格，外面摆着一副面孔，在适当的时候呱嗒一声如帘子一般卷起，另露出一副面孔。“杰克博士与海德先生”（Dr. Jckyll and Mr. Hyde）那不是寓言。误入仕途的人往往养成这一套本领。对下司道貌岸然，或是面部无表情，像一张白纸似的，使你无从观色，莫测高深，或是面皮绷得像一张皮鼓，脸拉得驴般长，使你在他面前觉得矮好几尺！但是他一旦见到上司，驴脸得立刻缩短，再往瘪里一缩，马上变成柿饼脸，堆下笑容，直线条全弯成曲线条，如果见到更高的上司，连笑容都凝结得堆不下来，未开言嘴唇要抖上好大一阵，脸上做出十足的诚惶诚恐之状。帘子脸是傲下媚上的主要工具，对于某一种人是少不得的。

不要以为脸和身体其他部分一样的受之父母，自己负不得责。不，在相当范围内，自己可以负责的，大概人的脸生来都是和善的，因为从婴儿的脸看来，不必一定都是颜如渥丹，但是大概都是天真无邪，令人看了喜欢的。我还没见过一个孩子带着一副不得善终的脸，脸都是后来自己作践坏了的，人们多半不体会自己的脸对于别人发生多大的影响。脸是到处都有的。在送殡的行列中偶然发现的哭丧脸，作讣闻纸色，眼睛肿得桃儿似的，固然难看。一行行的囚首垢面的人，如稻草人，如丧家犬，脸上作黄蜡色，像是才从牢狱里出来，又像是要到牢狱里去，凸着两只没有神的大眼睛，看着也令人心酸。还有一大群心地不够薄脸皮不够厚的人，满脸泛着平价米色，嘴角上也许还沾着一点平价油，身穿着一件平价布，一脸的愁苦，没有一丝的笑容，这样的脸是颇令人不快的。但是这些贫病愁苦的脸还不算是最令人不愉快，因为只是消极得令人心里堵得慌，而且稍微增加一些营养（如肉糜之类）或改善一些环境，脸上的神情还可以渐渐恢复常态。最令人不快的是一些本来吃得饱，睡得着，红光满面的脸，偏偏带着一股肃杀之气，冷森森地拒人千里之外，看你的时候眼皮都不抬，嘴撇得瓢儿似的，冷不防抬起眼皮给你一个白眼，黑眼球不知翻到哪里去了，脖梗子发硬，脑壳朝天，眉头皱出好几道熨斗都熨不平的深沟——这样的神情最容易在官办的业务机关的柜台后面出现。遇见这样的人，我就觉到惶惑：这个人是不是昨天赌了一夜以致睡眠不足，或是接连着腹泻了三天，或是新近遭遇了什么闵凶，否则何以乖戾至此，连一张脸的常态都不能维持了呢。

萦绕在舌尖的滋味，
长留在心中的念想

豆汁儿

豆汁下面一定要加一个儿字，就好像说鸡蛋的时候鸡子下面一定要加一个儿字，若没有这个轻读尾的语气，听者就会不明白你的语意而生误解。

胡金铨先生在《谈老舍》的一本书上，一开头就说：不能喝豆汁儿的人算不得是真正的北平人。这话一点儿也不错。就是在北平，喝豆汁儿的人也是以北平城里有人为限，城外乡间没有人喝豆汁儿，制作豆汁儿的原料是用以喂猪的。但是这种原料，加水熬煮，却成了城里人个个欢喜的食物。而且这与阶级无关。卖力气的苦哈哈，一脸渍泥儿，坐小板凳儿，围着豆汁儿挑子，啃豆腐丝儿卷大饼，喝豆汁儿，就咸菜儿，固然是自得其乐。府门头儿的姑娘、哥儿们，不便在街头巷尾公开露面，和穷苦的平民混在一起喝豆汁儿，也会派底下人或是老妈子拿砂锅去买回家里重新加热大喝特喝。而且不会忘记带回一碟那挑子上特备的辣咸菜，家里尽管有上好的酱菜，不管用，非那个廉价的大腌萝卜丝拌的咸菜不够味。口有同嗜，不分贫富老少男女。我不知道为什么北平人养成这种特殊的口味。南方人到了北平，不可能喝豆汁儿的，就是河北各县也没有人能容忍这个异味而不龇牙咧嘴。豆汁儿之妙，一在酸，酸中带馊腐的怪味。二在烫，只能吸溜吸溜地喝，不能大口猛灌。三在咸菜的辣，辣得舌尖发麻。越辣越喝，越喝越烫，最后是满头大汗。我小时候在夏天喝豆汁儿，是先脱光脊梁，然后才喝，等到汗落再穿上衣服。

自从离开北平，想念豆汁儿不能自已。有一年我路过济南，在车站附近一个小饭铺墙上贴着条子说有“豆汁”发售。叫了一碗来吃，原来是豆浆。是我自己疏忽，写明的是“豆汁”，不是“豆汁儿”。来到台湾，有朋友说有一家饭馆儿卖豆汁儿，乃偕往一尝。乌糟糟的两碗端上来，倒是有一股酸馊之味触鼻，可是稠糊糊的像麦片粥，到嘴里很难下咽。可见在什么地方吃什么东西，勉强不得。

烧饼油条

烧饼油条是我们中国人标准早餐之一，在北方不分省份、不分阶级、不分老少，大概都欢喜食用。我生长在北平，小时候的早餐几乎永远是一套烧饼油条——不，叫油炸鬼，不叫油条。有人说，油炸鬼是油炸桧之讹，大家痛恨秦桧，所以名之为油炸桧以泄愤，这种说法恐怕是源自南方，因为北方读音鬼与桧不同，为什么叫油鬼，没人知道。在比较富裕的大家庭里，只有做父亲的才有资格偶然以馄饨、鸡丝面或羊肉馅包子做早点，只有做祖父母的才有资格常以燕窝汤、莲子羹或哈什玛之类做早点，像我们这些“民族幼苗”，便只有烧饼油条来果腹了。说来奇怪，我对于烧饼油条从无反感，天天吃也不厌，我清早起来，就有一大簸箩烧饼油鬼在桌上等着我。

现在台湾的烧饼油条，我以前在北平还没见过。我所知道的烧饼，有螺蛳转儿、芝麻酱烧饼、马蹄儿、驴蹄儿几种，油鬼有麻花儿、甜油鬼、炸饼儿几种。螺蛳转儿夹麻花儿是一绝，扳开螺蛳转儿，夹进麻花儿，用手一按，咔吱一声麻花儿碎了，这一声响就很有意思，如今我再也听不到这个声音。有一天和齐如山先生谈起，他也很感慨，他嫌此地油条不够脆，有一次他请炸油条的人给他特别炸焦："我加倍给你钱。"那个炸油条的人好像是前一夜没睡好觉（事实上凡是炸油条、烙烧饼的人都是睡眠不足），一翻白眼说："你有钱？我不伺候！"回锅油条、老油条也不是味道，焦硬有余，酥脆不足。至于烧饼，螺蛳转儿好像久已不见了，因为专门制售螺蛳转儿的粥铺早已绝迹了。所谓粥铺，是专卖甜浆粥的一种小店，甜浆粥是一种稀稀的粗粮米汤，其味特殊。北平城里的人不知道喝豆浆，常是一碗甜浆粥一套螺蛳转儿，但是这也得到粥铺去趁热享用才好吃。我到十四岁以后才喝到豆浆，我相信我父母一辈子也没有喝过豆浆。我们家里吃烧饼油条，嘴干了就喝大壶的茶，难得有一次喝到甜浆粥。后来我到了上海，才看到细细长长的那种烧饼，以及菱形的烧饼，而且油条长长的也不适于夹在烧饼里。

火腿、鸡蛋、牛油面包作为标准的早点，当然也很好，但我只是在不得已的情形下才接受了这种异俗。我心里怀念的仍是烧饼油条。和我有同嗜的人相当不少。海外羁旅，对于家乡土物率多念念不忘。有一位华裔美籍的学人，每次到台湾来都要带一二百副烧饼油条回到美国去，存在冰橱里，逐日检取一副放在烤箱或电锅里一烤，便觉得美不可言。谁不知道烧饼油条只是脂肪、淀粉，从营养学来看，不构成一份平衡的食品。但是多年习惯，对此不能忘情。在纽约曾有人招待我到一家中国餐馆进早点，座无虚席，都是烧饼油条客，那油条一根根的都很结棍，韧性很强。但是大家觉得这是家乡味，聊胜于无。做油条的师傅，说不定曾经付过二两黄金才学到如此这般的手艺，又有一位返国观光的游子，住在台北一家观光旅馆里，晨起第一桩事就是外出寻找烧饼油条，遍寻无着，返回旅舍问服务小姐，服务小姐登时蛾眉一耸说：“这是观光区域，怎会有这种东西，你要向偏僻街道、小巷去找。”闹哄了一阵，兴趣已无，乖乖地到附设餐厅里去吃火腿、鸡蛋、面包了事。

有人看我天天吃烧饼油条，就问我：“你不嫌脏？”我没想到这个问题。据这位关心的人说，要注意烧饼里有没有老鼠屎，第二天我打开烧饼先检查，哇，一颗不大不小像一颗万应锭似的黑黑的东西赫然在焉。用手一捻，碎了。若是不当心，入口一咬，必定牙碜，也许不当心会咽了下去。想起来好怕，一颗老鼠屎搅坏一锅粥，这话不假，从此我存了戒心。看看那个豆浆店，小小一间门面，案板油锅都放在行人道上，满地是油渍污泥，一袋袋的面粉堆在一旁像沙包一样，阴沟里老鼠横行。再看看那打烧饼、炸油条的人，头发蓬松，上身只有灰白背心，脚上一双拖鞋，说不定嘴里还叼着一根纸烟。在这种情况之下，要使老鼠屎不混进烧饼里去，着实很难。好在不是一个烧饼里必定轮配到一橛老鼠屎，难得遇见一回，所以戒心维持了一阵也就解严了。

也曾经有过观光级的豆浆店出现，在那里有峨高冠的厨师，有穿制服的侍者，有装潢，有灯饰，筷子有纸包着，豆浆碗下有盘托着，餐巾用过就换，而不是一块毛巾大家用，像邮局糨糊旁边附设的小块毛巾那样的又脏又黏。如果你带外宾进去吃早点，可以不至于脸红。但是偶尔观光一次是可以的，谁也不能天天去观光，谁也不能常跑远路去图一饱。于是这打肿脸充胖子的局面维持不下去了，烧饼油条依然是在行人道边乌烟瘴气的环境里苟延残喘。而且我感觉到吃烧饼油条的同志也越来越少了。

酸梅汤与糖葫芦

夏天喝酸梅汤，冬天吃糖葫芦，在北平是不分阶级人人都能享受的事。不过东西也有精粗之别。琉璃厂信远斋的酸梅汤与糖葫芦，特别考究，与其他各处或街头小贩所供应者大有不同。

徐凌霄《旧都百话》关于酸梅汤有这样的记载：

暑天之冰，以冰梅汤为最流行，大街小巷，干鲜果铺的门口，都可以看见“冰镇梅汤”四字的木檐横额。有的黄底黑字，甚为工致，迎风招展，好似酒家的帘子一样，使过往的热人，望梅止渴，富于吸引力。昔年京朝大老，贵客雅流，有闲工夫，常常要到琉璃厂逛逛书铺，品品古董，考考版本，消磨长昼。天热口干，辄以信远斋梅汤为解渴之需。

信远斋铺面很小，只有两间小小门面，临街是旧式玻璃门窗，拂拭得一尘不染，门楣上一块黑漆金字匾额，铺内清洁简单，道地北平式的装修。进门右手方有黑漆大木桶，里面有一大白瓷罐，罐外周围全是碎冰，罐里是酸梅汤，所以名为冰镇，北平的冰是从什刹海或护城河挖取藏在窖内的，冰块里可以看见草皮木屑，泥沙秽物更不能免，是不能放在饮料里喝的。什刹海会贤堂的名件“冰碗”，莲蓬桃仁杏仁菱角藕都放在冰块上，食客不嫌其脏，真是不可思议。有人甚至把冰块放在酸梅汤里！信远斋的冰镇就高明多了。因为桶大罐小冰多，喝起来凉沁脾胃。他的酸梅汤的成功秘诀，是冰糖多、梅汁稠、水少，所以味浓而酽。上口冰凉，甜酸适度，含在嘴里如品纯醪，舍不得下咽。很少人能站在那里喝那一小碗而不再喝一碗的。抗战胜利还乡，我带孩子到信远斋，我准许他们能喝多少碗都可以。他们连尽七碗方始罢休。我每次去喝，不是为解渴，是为解馋。我不知道为什么没有人动脑筋把信远斋的酸梅汤制为罐头行销各地，而任“可口可乐”到处猖狂。

信远斋也卖酸梅卤、酸梅糕。卤冲水可以制酸梅汤。但是无论如何不能像站在那木桶旁边细啜那样有味。我自己在家也曾试做，在药铺买了乌梅，在干果铺买了大块冰糖，不惜工本，仍难如愿。信远斋掌柜姓萧，一团和气，我曾问他何以仿制不成，他回答得很妙：“请您过来喝，别自己费事了。”

信远斋也卖蜜饯、冰糖子儿、糖葫芦。以糖葫芦为最出色。北平糖葫芦分三种。一种用麦芽糖，北平话是糖稀，可以做大串山里红的糖葫芦，可以长达五尺多，这种大糖葫芦，新年厂甸卖得最多。麦芽糖裹水杏儿（没长大的绿杏），很好吃，做糖葫芦就不见佳，尤其是山里红常是烂的或是带虫子屎。另一种用白糖和了粘上去，冷了之后白汪汪的一层霜，另有风味。正宗是冰糖葫芦，薄薄一层糖，透明雪亮。材料种类甚多，诸如海棠、山药、山药豆、杏干、葡萄、橘子、荸荠、核桃，但是以山里红为正宗。山里红，即山楂，北地盛产，味酸，裹糖则极可口。一般的糖葫芦皆用半尺来长的竹签，街头小贩所售，多染尘沙，而且品质粗劣。东安市场所售较为高级。但仍以信远斋所制为最精，不用竹签，每一颗山里红或海棠均单个独立，所用之果皆硕大无疵，而且干净，放在垫了油纸的纸盒中由客携去。

离开北平就没吃过糖葫芦，实在想念。近有客自北平来，说起糖葫芦，据称在北平这种不属于任何一个阶级的食物几已绝迹。他说我们在台湾自已家里也未尝不可试做，台湾虽无山里红，其他水果种类不少，粘了冰糖汁，放在一块涂了油的玻璃板上，送入冰箱冷冻，岂不即可等着大嚼？他说他制成之后将邀我共尝，但是迄今尚无下文，不知结果如何。

饺子

“好吃不过饺子，舒服不过倒着。”这是北方乡下的一句俗语。北平城里的人不说这句话。因为北平人过去不说饺子，都说“煮饽饽”，这也许是满洲语。我到了十四岁才知道煮饽饽就是饺子。

北方人，不论贵贱，都以饺子为美食。钟鸣鼎食之家有的是人力财力，吃顿饺子不算一回事。小康之家要吃顿饺子要动员全家老少，和面、擀皮、剁馅、包捏、煮，忙成一团，然而亦趣在其中。年终吃饺子是天经地义，有人胃口特强，能从初一到十五顿顿饺子，乐此不疲。当然连吃两顿就告饶的也不是没有。至于在乡下，吃顿饺子不易，也许要在姑奶奶回娘家时候才能有此豪举。

饺子的成色不同，我吃过最低级的饺子。抗战期间有一年除夕我在陕西宝鸡，餐馆过年全不营业，我踯躅街头，遥见铁路旁边有一草棚，灯火荧然，热气直冒，乃趋就之，竟是一间饺子馆。我叫了二十个韭菜馅饺子，店主还抓了一把带皮的蒜瓣给我，外加一碗热汤。我吃得一头大汗，十分满足。

我也吃过顶精致的一顿饺子。在青岛顺兴楼宴会，最后上了一钵水饺，饺子奇小，长仅寸许，馅子却是黄鱼韭黄，汤是清澈而浓的鸡汤，表面上还漂着少许鸡油。大家已经酒足菜饱，禁不住诱惑，还是给吃得精光，连连叫好。

做饺子第一面皮要好。店肆现成的饺子皮，碱太多，煮出来滑溜溜的，咬起来韧性不足。所以一定要自己和面，软硬合度，而且要多醒一阵子。盖上一块湿布，防干裂。擀皮子不难，久练即熟，中心稍厚，边缘稍薄。包的时候一定要用手指捏紧。有些店里伙计包饺子，用拳头一握就是一个，快则快矣，煮出来一个个的面疙瘩，一无是处。

饺子馅各随所好。有人爱吃荠菜，有人怕吃茴香。有人要薄皮大馅，最好是一兜儿肉，有人愿意多羼青菜。（有一位太太应邀吃饺子，咬了一口大叫，主人以为她必是吃到了苍蝇蟑螂什么的，她说："怎么，这里面全是菜!"主人大窘。）有人以为猪肉冬瓜馅最好，有人认定羊肉白菜馅为正宗。韭菜馅有人说香，有人说臭，天下之口并不一定同嗜。

冷冻饺子是不得已而为之，还是新鲜的好。据说新发明了一种制造饺子的机器，一贯作业，整治迅速，我尚未见过。我想最好的饺子机器应该是——人。

吃剩下的饺子，冷藏起来，第二天油锅里一炸，炸得焦黄，好吃。

汤包

说起玉华台，这个馆子来头不小，是东堂子胡同杨家的厨子出来经营掌勺。他的手艺高强，名作很多，所做的汤包，是故都的独门绝活。

包子算得什么，何地无之？但是风味各有不同。上海沈大成、北万馨、五芳斋所供应的早点汤包，是令人难忘的一种。包子小，小到只好一口一个，但是每个都包得俏式，小蒸笼里垫着松针（可惜松针时常是用得太久了一些），有卖相。名为汤包，实际上包子里面并没有多少汤汁，倒是外附一碗清汤，表面上浮着七条八条的蛋皮丝，有人把包子丢在汤里再吃，成为名副其实的汤包了。这种小汤包馅子固然不恶，妙处却在包子皮，半发半不发，薄厚适度，制作上颇有技巧，台北也有人仿制上海式的汤包，得其仿佛，已经很难得了。

天津包子也是远近驰名的，尤其是狗不理的字号十分响亮。其实不一定要到狗不理去，搭平津火车一到天津西站就有一群贩卖包子的高举笼屉到车窗前，伸胳膊就可以买几个包子。包子是扁扁的，里面确有比一般为多的汤汁，汤汁中有几块碎肉葱花。有人到铺子里吃包子，才出笼的，包子里的汤汁曾有烫了脊背的故事，因为包子咬破，汤汁外溢，流到手掌上，一举手乃顺着胳膊流到脊背。不知道是否真有其事，不过天津包子确是汤汁多，吃的时候要小心，不烫到自己的脊背，至少可以溅到同桌食客的脸上。相传的一个笑话：两个不相识的人据一张桌子吃包子，其中一位一口咬下去，包子里的一股汤汁直飙过去，把对面客人喷了个满脸花。肇事的这一位并未觉察，低头猛吃。对面那一位很沉得住气，不动声色。堂倌在一旁看不下去，赶快拧了一个热手巾把送了过去，客徐曰："不忙，他还有两个包子没吃完哩。"

玉华台的汤包才是真正地含着一汪子汤。一笼屉里放七八个包子，连笼屉上桌，热气腾腾，包子底下垫着一块蒸笼布，包子扁扁地塌在蒸笼布上。取食的时候要眼明手快，抓住包子的皱褶处猛然提起，包子皮骤然下坠，像是被婴儿吮瘪了的乳房一样，趁包子没有破裂赶快放进自己的碟中，轻轻咬破包子皮，把其中的汤汁吸饮下肚，然后再吃包子的空皮。没有经验的人，看着笼里的包子，又怕烫手，又怕弄破包子皮，犹犹豫豫，结果大概是皮破汤流，一塌糊涂。有时候堂倌代为抓取。

其实吃这种包子，其乐趣一大部分就在那一抓一吸之间。包子皮是烫面的，比烫面饺的面还要稍硬一点，否则包不住汤。那汤原是肉汁冻子，打进肉皮一起煮成的，所以才能凝结成为包子馅。汤里面可以看得见一些碎肉渣子。这样的汤味道不会太好。我不太懂，要喝汤为什么一定要灌在包子里然后再喝。

煎馄饨

馄饨这个名称好古怪。宋程大昌《演繁露》:“世言馄饨，是虏中浑沌氏为之。”有此一说，未必可信。不过我们知道馄饨历史相当悠久，无分南北到处有之。

儿时，里巷中到了午后常听见有担贩大声吆喝:“馄饨——开锅!”这种馄饨挑子上的馄饨，别有风味，物美价廉。那一锅汤是骨头煮的，煮得久，所以是浑浑的、浓浓的。馄饨的皮子薄，馅极少，勉强可以吃出其中有一点点肉。但是佐料不少，葱花、芫荽、虾皮、冬菜、酱油、醋、麻油,最后撒上竹节筒里装着的黑胡椒粉。这样的馄饨在别处是吃不到的，谁有工夫去熬那么一大锅骨头汤?

北平的山东馆子差不多都卖馄饨。我家胡同口有一个同和馆，从前在当场还有一点小名，早晨就卖馄饨和羊肉馅和卤馅的小包子。馄饨做得不错，汤清味厚，还加上几小块鸡血、几根豆苗。凡是饭馆没有不备一锅高汤的(英语所谓“原汤”stock)，一碗馄饨舀上一勺高汤，就味道十足。后来“味之素”大行其道，谁还预备原汤?不过善品味的人，一尝便知道是不是正味。

馆子里卖的馄饨，以致美斋的为最出名。好多年前，《同治都门纪略》就有赞美致美斋的馄饨的打油诗：

包得馄饨味胜常，馅融春韭嚼来香，汤清润吻休嫌淡，咽来方知滋味长。

这是同治年间的事，虽然已过了五十年左右，饭馆的状况变化很多，但是他的馄饨仍是不同凡响，主要的原因是汤好。

可是我最激赏的是致美斋的煎馄饨，每个馄饨都包得非常俏式，薄薄的皮子挺拔舒翘，像是天主教修女的白布帽子。入油锅慢火生炸，炸黄之后再上小型蒸屉猛蒸片刻，立即带屉上桌。馄饨皮软而微韧，有异趣。

核桃腰

偶临某小馆，见菜牌上有核桃腰一味，当时一惊，因为我想起厚德福名菜之一的核桃腰。由于好奇，点来尝尝。原来是一盘炸腰花，拌上一些炸核桃仁。软炸腰花当然是很好吃的一样菜，如果炸的火候合适。炸核桃仁当然也很好吃，即使不是甜的也很可口。但是核桃仁与腰花杂放在一个盘子里则似很勉强。一软一脆，颇不调和。

厚德福的核桃腰，不是核桃与腰合一炉而治之，这个名称只是说明这个腰子的做法与众不同，吃起来有核桃滋味或有吃核桃的感觉。腰子切成长方形的小块，要相当厚，表面上纵横划纹，下油锅炸，火候必须适当，油要热而不沸，炸到变黄，取出蘸花椒盐吃，不软不硬，咀嚼中有异感，此之谓核桃腰。

一般而论，北地餐馆不善治腰。所谓炒腰花，多半不能令人满意，往往是炒得过火而干硬，味同嚼蜡。所以有些馆子特别标明"南炒腰花"，南炒也常是虚有其名。炝腰花也不如一般川菜馆或湘菜馆之做得软嫩。炒虾腰本是江浙馆的名菜，能精制细做的已不多觏，其他各地餐馆仿制者则更不必论。以我个人经验，福州馆子的炒腰花最擅胜场。腰块切得大大的、厚厚的，略划纵横刀纹，做出来其嫩无比，而不带血水。勾汁也特别考究，微带甜意。我猜想，可能腰子并未过油，而是水氽，然后下锅爆炒勾汁。这完全是灶上的火候功夫。此间的闽菜馆炒腰花，往往是粗制滥造，略具规模，而不禁品尝，脱不了“匠气”。有时候以海蜇皮垫底，或用回锅的老油条垫底，当然未尝不可，究竟不如清炒。抗战期间，偶在某一位作家的岳丈郑老先生家吃饭，郑先生是福州人，司法界的前辈，雅喜烹调，他的郇厨所制腰花，做得出神入化，至善至美，一饭至今而不能忘。

核桃酪

玉华台的一道甜汤核桃酪也是非常叫好的。

有一年，先君带我们一家人到玉华台午饭。满满的一桌，祖孙三代。所有的拿手菜都吃过了，最后是一大钵核桃酪，色香味俱佳，大家叫绝。先慈说："好是好，但是一天要卖出多少钵，需大量生产，所以只能做到这个样子，改天我在家里试用小锅制作，给你们尝尝。"我们听了大为雀跃。回到家里就天天腻着她做。

我母亲做核桃酪，是根据她为我祖母做杏仁茶的经验揣摩着做的。我祖母的早点，除了燕窝、哈什玛、莲子等之外，有时候也要喝杏仁茶。街上卖的杏仁茶不够标准，要我母亲亲自做。虽是只做一碗，材料和手续都不能缺少，久之也就做得熟练了。核桃酪和杏仁茶性质差不多。

核桃来自羌胡，故又名胡桃，是张骞时传到中土的，北方盛产。取现成的核桃仁一大捧，用沸水泡。司马光幼时请人用沸水泡，以便易于脱去上面的一层皮，而谎告其姊说是自己剥的，这段故事是大家所熟悉的。开水泡过之后要大家帮忙剥皮的，虽然麻烦，数量不多，顷刻而就。

在馆子里据说是用硬毛刷去刷的！核桃要捣碎，越碎越好。

取红枣一大捧，也要用水泡，泡到涨大的地步，然后煮，去皮，这是最烦人的一道手续。枣树在黄河两岸无处不有，而以河南灵宝所产为最佳，枣大而甜。北平买到的红枣也相当肥大，不似台湾这里中药店所卖的红枣那样瘦小。可是剥皮取枣泥还是不简单。我们用的是最简单的笨法，用小刀刮，刮出来的枣泥绝对不带碎皮。

白米小半碗，用水泡上一天一夜，然后捞出来放在捣蒜用的那种较大的缸钵里，用一根捣蒜用的棒槌（当然都要洗干净使不带蒜味，没有捣过蒜的当然更好），尽力地捣，要把米捣得很碎，随捣随加水。碎米渣滓连同汁倒在一块纱布里，用力拧，拧出来的浓米浆留在碗里待用。

煮核桃酪的器皿最好是小薄铫。铫读如吊。正字通："今釜之小而有柄有流者亦曰铫。"铫是泥沙烧成的，质料像砂锅似的，很原始，很粗陋，黑黝黝的，但是非常灵巧而有用，煮点东西不失原味，远较铜锅铁锅为优，可惜近已淘汰了。

把米浆、核桃屑、枣泥和在一起在小薄铫里煮，要守在一旁看着，防溢出。很快地就煮出了一铫子核桃酪。放进一点糖，不要太多。分盛在三四个小碗（莲子碗）里，每人所得不多，但是看那颜色，微呈紫色，枣香、核桃香扑鼻，喝到嘴里黏糊糊的、甜滋滋的，真舍不得一下子咽到喉咙里去。

栗子

栗子以良乡的为最有名。良乡县在河北，北平的西南方，平汉铁路线上。其地盛产栗子。然栗树北方到处皆有，固不必限于良乡。

我家住在北平大取灯胡同的时候，小园中亦有栗树一株，初仅丈许，不数年高二丈以上，结实累累。果苞若刺猬，若老鸡头，遍体芒刺，内含栗两三颗。熟时不摘取则自行坠落，苞破而栗出。捣碎果苞取栗，有浆液外流，可做染料。后来我在崂山上看见过巨大的栗子树，高三丈以上，果苞落下狼藉满地，无人理会。

在北平，每年秋节过后，大街上几乎每一家干果子铺门外都支起一个大铁锅，翘起短短的一截烟囱，一个小利巴挥动大铁铲，翻炒栗子。不是干炒，是用沙炒，加上糖使沙结成大大小小的粒，所以叫作糖炒栗子。烟煤的黑烟扩散，哗啦哗啦的翻炒声，间或有栗子的爆炸声，织成一片好热闹的晚秋初冬的景致。孩子们没有不爱吃栗子的，几个铜板买一包，草纸包起，用麻茎儿捆上，热乎乎的，有时简直是烫手热，拿回家去一时舍不得吃完，藏在被窝垛里保温。

煮咸水栗子是另一种吃法。在栗子上切十字形裂口，在锅里煮，加盐。栗子是甜滋滋的，加上咸，别有风味。煮时不妨加些八角之类的香料。冷食热食均佳。

但是最妙的是以栗子做点心。北平西车站食堂是有名的西餐馆。所制“奶油栗子面儿”或称“奶油栗子粉”实在是一绝。栗子磨成粉，就好像花生粉一样，干松松的，上面浇大量奶油。所谓奶油就是打搅过的奶油（whipped cream）。用小勺取食，味妙无穷。奶油要新鲜，打搅要适度，打得不够稠固然不好吃，打过了头却又稀释了。东安市场的中兴茶楼和国强西点铺后来也仿制，工料不够水准，稍形逊色。北海仿膳之栗子面小窝头，我吃不出栗子味。

杭州西湖烟霞岭下翁家山的桂花是出名的，尤其是满家弄，不但桂花特别的香，而且桂花盛时栗子正熟，桂花煮栗子成了路边小店的无上佳品。徐志摩告诉我，每值秋后必去访桂，吃一碗煮栗子，认为是一大享受。有一年他去了，桂花被雨摧残净尽，他感而写了一首诗“这年头活着不易”。

十几年前在西雅图海滨市场闲逛，出得门来忽闻异香，遥见一意大利人推小车卖炒栗。论个卖——五角钱一个，我们一家六口就买了六颗，坐在车里分而尝之。如今我们这里到冬天也有小贩卖“良乡栗子”了。韩国进口的栗子大而无当，并且糊皮，不足取。

满汉细点

北平的点心店叫作饽饽铺。都有一座细木雕花的门脸儿，吊着几个木牌，上面写着“满汉细点”什么的。可是饽饽都藏在里面几个大盒子大柜子里，并不展示在外，而且也没有什么货品价格表之类的东西。进得铺内，只觉得干干净净，空空洞洞，香味扑鼻。

满汉细点，究竟何者为满何者为汉，现已分辨不清。至少从名称看来，“萨其马”该是满洲点心。我请教过满洲旗人，据告萨其马是满文的蜜甜之意，我想大概是的。这东西是油炸黄米面条，像蜜供似的，但是很细很细，加上蜜拌匀，压成扁扁的一大块，上面撒上白糖和染红了的白糖，再加上一层青丝红丝，然后切成方形的块块。很甜，很软和，也很好吃。如今全国各处无不制售萨其马，块头太大太厚，面条太粗太硬，蜜太少，名存实亡，全不对劲。

蜂糕也是北平特产，有黄白两种，味道是一样的。是用糯米粉调制蒸成，呈微细蜂窝状，故名。质极松软，微黏，与甜面包大异其趣。内羼少许核桃仁，外裹以薄薄的豆腐皮以防粘着蒸器。蒸热再吃尤妙，最宜病后。

花糕月饼是秋季应时食品。北方的翻毛月饼，并不优于江南的月饼，更与广式月饼不能相比，不过其中有一种山楂馅的翻毛月饼，薄薄的小小的，我认为风味很好，别处所无。大抵月饼不宜过甜，不宜太厚，山楂馅带有酸味，故不觉其腻。至于花糕，则是北平独有之美点，在秋季始有发售，有粗细两品，有荤素两味。主要的是两片枣泥馅的饼，用模子制成，两片之间夹列胡桃、红枣、松子、缩葡之类的干果，上面盖一个红戳子，贴几片芫荽叶。清李静山《都门汇纂》里有这样一首竹枝词：

中秋才过近重阳，又见花糕各处忙。面夹双层多枣栗，当筵题句傲刘郎。

一般饽饽铺服务周到。我家小园有一架紫藤，花开累累，满树满枝，乃摘少许，洗净，送交饽饽铺代制藤萝饼，鲜花新制，味自不同。又红玫瑰初放（西洋品种肥大而艳，但少香气），亦常摘取花瓣，送交肆中代制玫瑰饼，气味浓馥，不比寻常。

说良心话，北平饼饵除上述几种之外很少令人怀念的。有人艳称北平的“大八件”“小八件”，实在令人难以苟同。所谓大八件无非是油糕、蓼花、大自来红、自来白等，小八件不外是鸡油饼、卷酥、绿豆糕、槽糕之类。自来红、自来白乃是中秋上供的月饼，馅子里面有些冰糖，硬邦邦的，大概只宜于给兔爷儿吃。蓼花甜死人！绿豆糕噎死人！大八件、小八件如果装在盒子里，那盒子也吓人，活像一口小棺材，而木板尚未刨光。若是打个蒲包，就好看得多。

有所谓“缸捞”者，有人写作“干酪”，我不知究竟怎样写法。是圆饼子，中央微凸，边微薄，无馅，上面常撒上几许桂花，故称桂花缸捞。探视妇人产后，常携此为馈赠。此物松软合度，味道颇佳，我一向喜欢吃，后来听一位在外乡开点心铺的亲戚说，此物乃是聚集簸箩里的各种饽饽碎渣加水揉和再行烘制而成。然物美价廉不失为一种好的食品。“薄脆”也不错，又薄又脆。都算是平民食物。

“茯苓饼”其实没有什么好吃，沾光茯苓二字。《淮南子》:“千年之松，下有茯苓。”是一种地下菌，生在山林中松根之下。李时珍说:“盖松之神，灵之气，伏结而成。”无端给它加上神灵色彩，于是乃入药，大概吃了许有什么神奇之效。北平前门大街正明斋所制茯苓饼最负盛名，从前北人南游常携此物馈赠亲友。直到如今，有人从北平出来还带一盒茯苓饼给我，早已脆碎坚硬不堪入口。即使是新鲜的，也不过是飞薄的两片米粉糊烘成的饼，夹以黑乎乎的一些碎糖黑渣而已。

满洲饽饽还有一品叫作“桌张”，俗称饽饽桌子，是丧事人家常用的祭礼。半生不熟的白面饼子，稍加一些糖，堆积起来一层层的有好几尺高，放在灵前供台上的两旁。凡是本家姑奶奶之类的亲属没有不送饽饽桌子的。可壮观瞻，不堪食用。丧事过后，弃之可惜，照例分送亲友以及用人小孩。我小时候遇见几次丧事，分到过十个八个这样的饽饽，童子无知，称之为“死人饽饽”，放在火炉口边烤熟，啃起来也还不错，比根本没有东西吃好一些。清人得硕亭竹枝词《草珠一串》有一首咏其事:

满洲糕点样原繁，踵事增华不可言。惟有桌张遗旧制，几同告朔饩羊存。

酱菜

抗战时我和老向在后方，我调侃他说:“贵地保定府可有什么名产?”他说:“当然有。保定府，三宗宝，铁球、酱菜、春不老。”他并且说将来有机会必定向我献宝，让我见识见识。抗战胜利还乡，他果然实践诺言，从保定到北平来看我，携来一对铁球(北方老人喜欢放在手里揉玩的玩意儿)，一篓酱菜，春不老因不是季节所以不能带。铁球且不说，那篓酱菜我起初未敢小觑，胜地名产，当有可观。油纸糊的篓子，固然简陋，然凡物不可貌相。打开一看，原来是什锦酱菜，萝卜、黄瓜、花生、杏仁都有。我捏一块放进嘴里，哇，比北平的大腌萝卜“棺材板”还咸!

北平的酱菜，妙在不太咸，同时又不太甜。粮食店的六必居，因为匾额是严嵩写的(三个大字确是写得好)，格外的有号召力，多少人跑老远的路去买他的酱菜。我个人的经验是，盛名之下，其实难副。铁门也有一家酱园，名震遐迩，也没有什么特殊。倒是金鱼胡同市场对面的天义顺，离我家近，货色新鲜。

酱菜的花样虽多，要以甜酱萝卜为百吃不厌的正宗。这种萝卜，细长质美，以制酱菜恰到好处。他处的萝卜嫌水分太多，质地不够坚实，酱出来便不够脆，不禁咀嚼。可见一切名产，固有赖于手艺，实则材料更为重要。甘露，做螺蛳状，清脆可口，是别处所没有的。

有两样酱菜，特别宜于做烹调的配料。一个是酱黄瓜炒山鸡丁。过年前后，野味上市，山鸡（即雉）最受欢迎，那彩色的长尾巴就很好看。取山鸡胸肉切丁，加进酱黄瓜块大火爆炒，临起锅时再投入大量的葱块，浇上麻油拌匀。炒出来鸡肉白嫩，羼上酱黄瓜又咸又甜的滋味，是年菜中不可少的一味，要冷食。北地寒，炒一大锅，经久不坏。

另一味是酱白菜炒冬笋。这是一道热炒。北方的白菜又白又嫩。新从酱缸出来的酱白菜，切碎，炒冬笋片，别有风味，和雪里蕻炒笋、荠菜炒笋、冬菇炒笋迥乎不同。

日本的酱菜，太咸太甜，吾所不取。

烧鸭

北平烤鸭，名闻中外，在北平不叫烤鸭，叫烧鸭，或烧鸭子，在口语中加一子字。

《北平风俗杂咏》严辰《忆京都词》十一首，第五首云：

忆京都·填鸭冠寰中

烂煮登盘肥且美，

加之炮烙制尤工。

此间亦有呼名鸭，

骨瘦如柴空打杀。

严辰是浙人，对于北平填鸭之倾倒，可谓情见乎词。

北平苦旱，不是产鸭盛地，唯近在咫尺之通州得运河之便，渠塘交错，特宜畜鸭。佳种皆纯白，野鸭花鸭则非上选。鸭自通州运到北平，仍需施以填肥手续。以高粱及其他饲料揉搓成圆条状，较一般香肠热狗为粗，长约四寸许。通州的鸭子师傅抓过一只鸭来，夹在两条腿间，使不得动，用手掰开鸭嘴。以粗长的一根根的食料蘸着水硬行塞入。鸭子要叫都叫不出声，只有眨巴眼的分儿。塞进口中之后，用手紧紧地往下捋鸭的脖子，硬把那一根根的东西挤送到鸭的胃里。填进几个之后，眼看着再填就要撑破肚皮，这才松手，把鸭关进一间不见天日的小棚子里。几十百只鸭关在一起，像沙丁鱼，绝无活动余地，只是尽量给予水喝。这样关了若干天，天天扯出来填，非肥不可，故名填鸭。一来鸭子品种好，二来师傅手艺高，所以填鸭为北平所独有。抗战时期在后方有一家餐馆试行填鸭，三分之一死去，没死的虽非骨瘦如柴，也并不很肥，这是我亲眼看到的。鸭一定要肥，肥才嫩。

北平烧鸭，除了专门卖鸭的餐馆如全聚德之外，是由便宜坊（即酱肘子铺）发售的。在馆子里亦可吃烤鸭，例如在福全馆宴客，就可以叫右边邻近的一家便宜坊送了过来。自从宜外的老便宜坊关张以后，要以东城的金鱼胡同口的宝华春为后起之秀，楼下门市，楼上小楼一角最是吃烧鸭的好地方。在家里打一个电话，宝华春就会派一个小利巴，用保温的铅铁桶送来一只才出炉的烧鸭，油淋淋的，烫手热的。附带着他还管代蒸荷叶饼葱酱之类。他在席旁小桌上当众片鸭，手艺不错，讲究片得薄，每一片有皮有油有肉，随后一盘瘦肉，最后是鸭头鸭尖，大功告成。主人高兴，赏钱两吊，小利巴欢天喜地称谢而去。

填鸭费工费料，后来一般餐馆几乎都卖烧鸭，叫作叉烧烤鸭，连闷炉的设备也省了，就地一堆炭火一根铁叉就能应市。同时用的是未经填肥的普通鸭子，吹凸了鸭皮晾干一烤，也能烤得焦黄迸脆。但是除了皮就是肉，没有黄油，味道当然差得多。有人到北平吃烤鸭，归来盛道其美，我问他好在哪里，他说：“有皮，有肉，没有油。”我告诉他：“你还没有吃过北平烤鸭。”

所谓一鸭三吃，那是广告噱头。在北平吃烧鸭，照例有一碗滴出来的油，有一副鸭架装。鸭油可以蒸蛋羹，鸭架装可以熬白菜，也可以煮汤打卤。馆子里的鸭架装熬白菜，可能是预先煮好的大锅菜，稀汤洮水，索然寡味。会吃的人要把整个的架装带回家里去煮。这一锅汤，若是加口蘑（不是冬菇，不是香蕈）打卤，卤上再加一勺炸花椒油，吃打卤面，其味之美无与伦比。

烧锅鸡

北平的饭馆几乎全属烟台帮；济南帮兴起在后。烟台帮中致美斋的历史相当老。清末魏元旷《都门琐记》谈到致美斋："致美斋以四做鱼名。盖一鱼而四做之，子名'万鱼'，与头尾皆红烧，酱炙中段，余或炸炒，或醋熘、糟熘。"致美斋的鱼是做得不错，我所最欣赏的却别有所在。锅烧鸡是其中之一。

先说致美斋这个地方。店坐落在煤市街，坐东面西，楼上相当宽敞，全是散座。因生意鼎盛，在对面一个非常细窄的尽头开辟出一个致美楼，楼上楼下全是雅座。但是厨房还是路东的致美斋的老厨房，做好了菜由小利巴提着盒子送过街。所以这个雅座非常清静。左右两个楼梯，由左梯上去正面第一个房间是我随侍先君经常占用的一间，窗户外面有一棵不知名的大树遮掩，树叶很大，有风也萧萧，无风也萧萧，很有情调。我第一次吃醉酒就是在这个房间里。几杯花雕下肚之后还索酒吃，先君不许，我站在凳子上舀起一大勺汤泼将过去，泼溅在先君的两截衫上，随后我即晕倒，醒来发觉已在家里。这一件事我记忆甚清，时年六岁。

锅烧鸡要用小嫩鸡，北平俗语称之为“桶子鸡”，疑系“童子鸡”之讹。严辰《忆京都词》有一首：

忆京都·桶鸡出便宜

衰翁最便宜无齿，制仿金陵突过之。

不似此间烹不热，关西大汉方能嚼。

注云：“京都便宜坊桶子鸡，色白味嫩，嚼之可无渣滓。”他所谓便宜坊桶子鸡，指生的鸡，也可能是指熏鸡。早年一元钱可以买四只。南京的油鸡是有名的，广东的白切鸡也很好，其细嫩并不在北平的之下。严辰好像对北平桶子鸡有偏爱。

我所谓桶子鸡是指那半大不小的鸡，也就是做“炸八块”用的那样大小的鸡。整只地在酱油里略浸一下，下油锅炸，炸到皮黄而脆。同时另锅用鸡杂（即鸡肝鸡胗鸡心）做一小碗卤，连鸡一同送出去。照例这只鸡是不用刀切的，要由跑堂的伙计站在门外用手来撕的，撕成一条条的，如果撕出来的鸡不够多，可以在盘子里垫上一些黄瓜丝。连鸡带卤一起送上桌，把卤浇上去，就成为爽口的下酒菜。

何以称之为锅烧鸡，我不大懂。坐平浦火车路过德州的时候，可以听到好多老幼妇孺扯着嗓子大叫：“烧鸡烧鸡！”旅客伸手窗外就可以购买。早先大约一元可买三只，烧得焦黄油亮，劈开来吃，咸渍渍的，挺好吃，（夏天要当心，外表亮光光，里面可能大蛆咕咕嚷嚷！）这种烧鸡是用火烧的，也许馆子里的烧鸡加上一个锅字，以示区别。

芙蓉鸡片

在北平，芙蓉鸡片是东兴楼的拿手菜。请先说说东兴楼。东兴楼在东华门大街路北，名为楼其实是平房，三进又两个跨院，房子不算大，可是间架特高，简直不成比例，据说其间还有个故事。当初兴建的时候，一切木料都已购妥，原是预备建筑楼房的，经人指点，靠近皇城根儿盖楼房有窥视大内的嫌疑，罪不在小，于是利用已有的木材改造平房，间架特高了。据说东兴楼的厨师来自御膳房，所以烹调颇有一手，这已不可考。其手艺属于烟台一派，格调很高。在北京山东馆子里，东兴楼无疑的当首屈一指。

一九二六年夏，时昭瀛自美国回来，要设筵邀请同学一叙，央我提调，我即建议席设东兴楼。彼时燕翅席一桌不过十六元，小学教师月薪仅三十余元，昭瀛坚持要三十元一桌。我到东兴楼吃饭，顺便订席。柜上闻言一惊，曰："十六元足矣，何必多费?"我不听。开筵之日，珍错杂陈，丰美自不待言。最满意者，其酒特佳。我吩咐茶房打电话到长发叫酒，茶房说不必了，柜上已经备好。原来柜上藏有花雕埋在地下已逾十年，取出一坛，羼以新酒，斟在大口浅底的细瓷酒碗里，色泽光润，醇香扑鼻，生平品酒此为第一。

似此佳酿，酒店所无。而其开价并不特昂，专为留待嘉宾。当年北京大馆风范如此。预宴者吴文藻、谢冰心、瞿菊农、谢奋程、孙国华等。

北京饭馆跑堂都是训练有素的老手。剥蒜剥葱剥虾仁的小利巴，熬到独当一面的跑堂，至少要到三十岁左右的光景。对待客人，亲切周到而有分寸。在这一方面东兴楼规矩特严。我幼时侍先君饮于东兴楼，因上菜稍慢，我用牙箸在盘碗的沿上轻轻敲了叮当两响，先君急止我曰："千万不可敲盘碗作响，这是外乡客粗鲁的表现。你可以高声喊人，但是敲盘碗表示你要掀桌子。在这里，若是被柜上听到，就会立刻有人出面赔不是，而且那位当值的跑堂就要卷铺盖，真个的卷铺盖，有人把门帘高高掀起，让你亲见那个跑堂扛着铺盖卷儿从你门前疾驰而过。不过这是表演性质，等一下他会从后门又转回来的。"跑堂待客要殷勤，客也要有相当的风度。

现在说到芙蓉鸡片。芙蓉大概是蛋白的意思，原因不明，"芙蓉虾仁""芙蓉干贝""芙蓉青蛤"皆曰芙蓉，料想是忌讳蛋字。取鸡胸肉，细切细斩，使成泥。然后以蛋白搅和之，搅到融和成为一体，略无渣滓，入温油锅中摊成一片片状。片要大而薄，薄而不碎，熟而不焦。起锅时加嫩豆苗数茎，取其翠绿之色以为点缀。如洒上数滴鸡油，亦甚佳妙。制作过程简单，但是在火候上恰到好处则见功夫。东兴楼的菜概用中小盘，菜仅盖满碟心，与湘菜馆之长箸大盘迥异其趣。或病其量过小，殊不知美食者不必是饕餮客。

抗战期间，东兴楼被日寇盘踞为队部。胜利后我返回故都，据闻东兴楼移帅府园营业，访问之后大失所望。盖已名存实亡，无复当年手艺。菜用大盘，粗劣庸俗。

烤羊肉

北平中秋以后，螃蟹正肥，烤羊肉亦一同上市。口外的羊肥，而少膻味，是北平人主要的食用肉之一。不知何故很多人家根本不吃牛肉，我家里就牛肉不曾进过门。说起烤肉就是烤羊肉。南方人吃的红烧羊肉，是山羊肉，有膻气，肉瘦，连皮吃，北方人觉得是怪事，因为北方的羊皮留着做皮袄，舍不得吃。

北平烤羊肉以前门肉市正阳楼为最有名，主要的是工料细致，无论是上脑、黄瓜条、三叉、大肥片，都切得飞薄，切肉的师傅就在柜台近处表演他的刀法，一块肉用一块布蒙盖着，一手按着肉一手切，刀法利落。肉不是电冰柜里的冻肉（从前没有电冰柜），就是冬寒天冻，肉还是软软的，没有手艺是切不好的。

正阳楼的烤肉支子，比烤肉宛烤肉季的要小得多，直径不过二尺，放在四张八仙桌子上，都是摆在小院里，四围是四把条凳。三五个一伙围着一个桌子，抬起一条腿踩在条凳上，边烤边饮边吃边说笑，这是标准的吃烤肉的架势。不像烤肉宛那样的大支子，十几条大汉在熊熊烈火周围，一面烤肉一面烤人。女客喜欢到正阳楼吃烤肉，地方比较文静一些，不愿意露天自己烤，伙计们可以烤好送进房里来。烤肉用的不是炭，不是柴，是烧过除烟的松树枝子，所以带有特殊香气。烤肉不需多少佐料，有大葱芫荽酱油就行。

正阳楼的烧饼是一绝，薄薄的两层皮，一面粘芝麻，打开来会冒一股滚烫的热气，中间可以塞进一大箸子烤肉，咬上去，软。普通的芝麻酱烧饼不对劲，中间有芯子，太厚实，夹不了多少肉。

我在青岛住了四年，想起北平烤羊肉馋涎欲滴。可巧厚德福饭庄从北平运来大批冷冻羊肉片，我灵机一动，托人在北平为我订制了一具烤肉支子。支子有一定的规格尺度，不是外行人可以随便制造的。我的支子运来之后，大宴宾客，命儿辈到寓所后山拾松塔盈筐，敷在炭上，松香浓郁。烤肉佐以潍县特产大葱，真如锦上添花，葱白粗如甘蔗，斜切成片，细嫩而甜。吃得皆大欢喜。

提起潍县大葱，又有一事难忘。我的同学张心一是一位畸人，他的夫人是江苏人，家中禁食葱蒜，而心一是甘肃人，极嗜葱蒜。他有一次过青岛，我邀他家中便饭，他要求大葱一盘，别无所欲。我如他所请，特备大葱一盘，家常饼数张。心一以葱卷饼，顷刻而罄，对于其他菜肴竟未下箸，直吃得他满头大汗。他说这是数年来第一次如意的饱餐！

我离开青岛时把支子送给同事赵少侯，此后抗战军兴，友朋星散，这青岛独有的一个支子就不知流落何方了。

爆双脆

爆双脆是北方山东馆的名菜。可是此地北方馆没有会做爆双脆的。如果你不知天高地厚，进北方馆就点爆双脆，而该北方馆竟不知地后天高硬敢应这一道菜，结果一定是端上来一盘黑不溜秋的死眉瞪眼的东西，一看就不起眼，入口也嚼不烂，令人败兴。就是在北平东兴楼或致美斋，爆双脆也是称量手艺的菜，利巴头二把刀是不敢动的。

所谓双脆，是鸡胗和羊肚儿，两样东西旺火爆炒，炒出来红白相间，样子漂亮，吃在嘴里韧中带脆，咀嚼之际自己都能听到咯吱咯吱地响。鸡胗易得，捡肥大者去里，所谓去里就是把附在上面的一层厚皮去掉。我们平常在山东馆子叫“清炸胗”，总是附带关照茶房一声：“要去里儿！”即因去了里儿才能嫩。一般人不知去里，嚼起来要吐核儿，不是味道。肚子是羊肚儿，而且是厚肥的肚领，而且是剥皮的肚仁儿，这才够资格成为一脆。求羊肚儿而不可得，猪肚儿代替，那就逊色多了。鸡胗和肚子都要先用刀划横竖痕，越细越好，目的是使油容易渗透而热力迅速侵入，因为这道菜纯粹是靠火候。两样东西不能一起过油炒。鸡胗需时稍久，要先下锅，羊肚儿若是一起下锅，结果不是肚子老了就是鸡胗不够熟。这两样东西下锅爆炒勾汁，来不及用铲子翻动，必须端起锅来把锅里的东西抛向半空中打个滚再落下来，液体固体一起掂起，连掂三五下子，熟了。这不是特技表演，这是火候必需的功夫。在旺火熊熊之前，热油泼溅之际，把那本身好几斤重的铁锅只手要那两下子，没有一点手艺行吗？难怪此地山东馆，不敢轻易试做爆双脆，一来材料不齐，二来高手难得。

谈到这里，想到北平的爆肚儿。

肚儿是羊肚儿，口北的绵羊又肥又大，羊胃有好几部分：散淡、葫芦、肚板儿、肚领儿，以肚领儿为最厚实。馆子里卖的爆肚儿以肚领儿为限，而且是剥了皮的，所以称之为肚仁儿。爆肚仁儿有三种做法：盐爆、油爆、汤爆。盐爆不勾芡粉，只加一些芫荽梗葱花，清清爽爽。油爆要勾大量芡粉，黏黏糊糊。汤爆则是清汤氽煮，完全本味，蘸卤虾油吃。三种吃法各有妙处。记得从前在外留学时，想吃的家乡菜以爆肚儿为第一。后来回到北平，东车站一下车，时已过午，料想家中午饭已毕，乃把行李寄存车站，步行到煤市街致美斋独自小酌，一口气叫了三个爆肚儿，盐爆油爆汤爆，吃得我牙根清酸。然后一个清油饼一碗烩两鸡丝，酒足饭饱，大摇大摆还家。生平快意之餐，隔五十余年犹不能忘。

烩银丝也很可口。煮烂了的肚板儿切成细丝，烩出来颜色雪白。煮前一定要洗得干净才成。在家里自己煮羊肚儿也并不难。除去草芽之后用盐巴用力翻来翻去得搓，就可以搓得雪白，而且可以除去膻气。整个羊胃，一律切丝，宽汤慢煮，煮烂为止。

东安市场及庙会等处都有卖爆肚儿的摊子，以水爆为限，而且草芽未除，煮出来乌黑一团，虽然也很香脆，只能算是平民食物。

炸丸子

我想人没有不爱吃炸丸子的，尤其是小孩。我小时候，根本不懂什么五臭八珍，只知道小炸丸子最为可口。肉剁得松松细细的，炸得外焦里嫩，入口即酥，不需大嚼，既不吐核，又不摘刺，蘸花椒盐吃，一口一个，实在是无上美味。可惜一盘丸子只有二十来个，桌上人多，分下来差不多每人两三个，刚把馋虫诱上喉头，就难以为继了。我们住家的胡同口有一个同和馆，近在咫尺，有时家里来客留饭，就在同和馆叫几个菜作为补充，其中必有炸丸子，亦所以餍我们几个孩子所望。有一天，我们两三个孩子偎在母亲身边闲话，我的小弟弟不知怎么的心血来潮，没头没脑地冒出这样的一句话："妈，小炸丸子要多少钱一碟?"我们听了哄然大笑，母亲却觉得一阵心酸，立即派用人到同和馆买来一碟小炸丸子，我们两三个孩子伸手抓食，每人分到十个左右，心满意足。事隔七十多年，不能忘记那一回吃小炸丸子的滋味。

炸丸子上面加一个"小"字，不是没有缘由的。丸子大了，炸起来就不容易炸透。如果炸透，外面一层又怕炸过火。所以要小。有些馆子称之为樱桃丸子，也不过是形容其小。其实这是夸张，事实上总比樱桃大些。要炸得外焦里嫩有一个诀窍。先用温油炸到八分熟，捞起丸子，使稍冷却，在快要食用的时候投入沸油中再炸一遍。这样便可使外面焦而里面不至变老。

为了偶尔变换样子，炸丸子做好之后，还可以用葱花酱油芡粉在锅里勾一些卤，加上一些木耳，然后把炸好的丸子放进去滚一下就起锅，是为熘丸子。

如果用高汤煮丸子，而不用油煎，煮得白白嫩嫩的，加上一些黄瓜片或是小白菜心，也很可口，是为汆丸子。若是赶上毛豆刚上市，把毛豆剁碎羼在肉里，也很别致，是为毛豆丸子。

湖北馆子的蓑衣丸子也很特别，是用丸子裹上糯米，上屉蒸。蒸出来一个个的黏着挺然翘然的米粒，好像是披了一件蓑衣，故名。这道菜要做得好，并不难，糯米先泡软再蒸，就不会生硬。我不知道为什么湖北人特喜糯米，豆皮要包糯米，烧卖也要包糯米，丸子也要裹上糯米。我私人以为除了粽子汤团和八宝饭之外，糯米派不上什么用场。

北平酱肘子铺（即便宜坊）卖一种炸丸子，扁扁的，外表疙瘩噜苏，里面全是一些筋头麻脑的剔骨肉，价钱便宜，可是风味特殊，当作火锅的锅料用最为合适。我小时候上学，如果手头富余，买个炸丸子夹在烧饼里，惬意极了，如今回想起来还回味无穷。

最后还不能不提到“乌丸子”。一半炸猪肉丸子，一半炸鸡胸肉丸子，盛在一个盘子里，半黑半白，很是别致。要有一小碗卤汁，蘸卤汁吃才有风味。为什么叫乌丸子，我不知道，大概是什么一位姓乌的大老爷所发明，故以此名之。从前有那样的风气，人以菜名，菜以人名，如潘鱼江豆腐之类皆是。

铁锅蛋

北平前门外大栅栏中间路北有一个窄窄的小胡同，走进去不远就走到底，迎面是一家军衣庄，靠右手一座小门儿，上面高悬一面扎着红绸的黑底金字招牌“厚德福饭庄”。看起来真是不起眼，局促在一个小巷底，没去过的人还是不易找到。找到了之后看那门口里面黑咕隆咚的，还是有些不敢进去。里面楼上楼下各有两三个雅座，另外三五个散座，那座楼梯又陡又窄，险巇难攀。可是客人一踏进二门，柜台后门的账房苑先生就会扯着大嗓门儿高呼：“看座儿！”他的嗓门儿之大是有名的，常有客人一进门就先开口：“您别喊，我带着孩子呢，小孩儿害怕。”

厚德福饭庄地方虽然逼仄，名气不小，是当时唯一老牌的河南馆子。本是烟馆，所以一直保存那些短炕，附带着卖些点心之类，后来实行烟禁，就改为饭馆了。掌柜的陈莲堂是开封人，很有一把手艺，能制道地的河南菜。时值袁世凯当国，河南人士弹冠相庆之下，厚德福的声誉因之鹊起。嗣后生意日盛，但是风水关系，老址绝不迁移，而且不换装修，一副古老简陋的样子数十年不变。为了扩充营业，先后在北平的城南游艺园、沈阳、长春、黑龙江、西安、青岛、上海、香港、重庆、北碚等处开设分号。陈掌柜手下高徒,一个个的派赴各地分号掌勺。这是厚德福的简史。

厚德福的拿手菜颇有几样，请先谈谈铁锅蛋。

吃鸡蛋的方法很多，炒鸡蛋最简单。常听人谦虚地说:“我不会做菜，只会炒鸡蛋。”说这句话的人一定不会把一盘鸡蛋炒得像个样子。摊鸡蛋是把打过的蛋煎成一块圆形的饼，“烙饼卷摊鸡蛋”是北方乡下人的美食。蒸蛋羹花样繁多，可以在表面上敷一层干贝丝、虾仁、蛤蜊肉……至不济撒上一把肉松也成。厚德福的铁锅蛋是烧烤的，所以别致。当然先要置备黑铁锅一个，口大底小而相当高，铁要相当厚实。在打好的蛋里加上油盐佐料，羼一些肉末绿豌豆也可以，不可太多，然后倒在锅里放在火上连烧带烤，烤到蛋涨到锅口，作焦黄色，就可以上桌了。这道菜的妙处在于铁锅保温，上了桌还有嗞嗞响的滚沸声，这道理同于所谓的“铁板烧”。而保温之久尤过之。我的朋友李清悚先生对我说，他们南京人所谓“涨蛋”也是同样的好吃。我到他府上尝试过，确是不错，蛋涨得高高的起蜂窝，切成菱形块上桌，其缺憾是不能保温，稍一冷却蛋就缩塌变硬了。还是要让铁锅蛋独擅胜场。

赵太侔先生在厚德福座中一时兴起，点了铁锅蛋，从怀中掏出一元钱,令伙计出去买干奶酪(cheese),嘱咐切成碎丁羼在蛋里,要美国奶酪，不要瑞士的，因为美国的比较味淡，容易被大家接受。做出来果然气味喷香，不同凡响，从此悬为定例，每吃铁锅蛋必加奶酪。

现在我们有新式的电炉烤箱,不一定用铁锅,禁烧烤的玻璃盆(casserole)照样的可以做这道菜，不过少了铁锅那种原始粗犷的风味。

烙饼

饼而曰烙，可知不是煎、不是炸、不是烤，更不是蒸。烙饼的锅曰铛，在这里音撑，差亨切，阴平声。铛是铁打的，相当的厚重，不容易烧热，可是烧热了也不容易凉，最适宜于烙饼。洋式的带柄的平底锅，也可以用来烙饼，而且小巧灵便，但是铝合金制的锅究竟传热太快冷却也太快，控制温度麻烦，不及我们的铛。

烙饼需要和面。和面不简单。没有触摸过白案子，初次和面，大概会弄得一塌糊涂，无有是处，烙饼需用热水和面，不是滚开的沸水，沸水和面就变成烫面了。用热水和面是取其和出来软。和好了面不能立刻烙，要容它“醒”一段时间。这段时间可长可短，看情形而定。

如果做家常饼，手续最简单。家常饼是薄薄的，里面的层次也不须太多，表面上更不须刷油，烙出来白磁糊裂的，只要相当软和就成。在北平懒婆娘自己不动手，可以到胡同口外蒸锅铺油盐店之类的地方去订制，论斤卖。一斤面大概可以烙不大不小的四张。北方人贫苦，如果有两张家常饼，配上一盘摊鸡蛋（鸡蛋要摊成直径和饼一样大的两片），把蛋放在饼上，卷起来，竖立之，双手扶着，张开大嘴，左一口、右一口，中间再一口，那简直是无与伦比的一顿丰盛大餐。孩子想吃甜食，最方便莫如到蒸锅铺去烙几张糖饼，黑糖和芝麻酱要另外算钱，事前要讲明几个铜板的黑糖，几个铜板的芝麻酱。烙饼要夹杂着黑糖和芝麻酱，趁热吃，那分香无法形容。我长大以后，自己在家中烙糖饼，乃加倍地放糖，加倍地放芝麻酱，来弥补幼时之未能十分满足的欲望。

葱油饼到处都有，但是真够标准的还是要求之于家庭主妇。北方善烹饪的家庭主妇，做法细腻，和一般餐馆之粗制滥造不同。一般餐馆所制，多患油腻。在山东，许多处的葱油饼是油炸的，焦黄的样子很好看，吃上一块两块就消受不了。在此处颇有在饼里羼味精的，简直不可思议。标准的葱油饼要层多，葱多，而油不太多。可以用脂油丁，但是要少放。要层多，则擀面要薄，多卷两次再加葱。葱花要细，要九分白一分绿。撒盐要匀。锅里油要少，锅要热而火要小。烙好之后，两手拿饼直立起来在案板上戳打几下，这个小动作很重要，可以把饼的层次戳松。葱油饼太好吃，不需要菜。

清油饼实际上不是饼。是细面条盘起来成为一堆，轻轻压按使成饼形，然后下锅连煎带烙，成为焦黄的一沱。外面的脆硬，里面的还是软的。山东馆子最善此道。我认为最理想的吃法，是每人一个清油饼，然后一碗烩虾仁或烩两鸡丝，分浇在饼上。

薄饼

古人有“春盘”之说。《通俗编·四时宝鉴》:“立春日，唐人作春饼生菜，号春盘。”春盘即后来所谓春饼。春天吃饼，好像各地至今仍有此种习俗。我所谈的薄饼，专指北平的吃法，且不限于岁首。

薄饼需热水和面，开水更好，烙出来才能软。两张饼而一盒。两块面团上下叠起，中间抹上麻油，然后擀成薄饼，放在热锅上烙，火要微，不需加油。俟饼变色，中间凸起，翻过来再烙片刻即熟。取出撕开，但留部分相连，放在一边用布盖上，再继续烙十盒二十盒。薄饼是要卷菜吃的。菜分熟菜炒菜两部分。

所谓熟菜就是从便宜坊叫来的苏盘，有大小两种，六十年前小者一圆，大者约二圆。漆花的圆盒子,盒子里有一个大盘子,盘子上一圈扇形的十个八个木头墩儿,中间一个小圆墩儿。每一扇形木墩儿摆一种切成细丝的熟菜，通常有下列几种:

酱肘子

熏肘子(白肉熏得微黄)

大肚儿(猪的胃)

小肚儿（膀胱灌肉末芡粉松子）

香肠（羼有豆蔻素沙，香）

烧鸭

熏鸡

清酱肉

炉肉（五花三层的烤肉，皮酥脆）

这些切成丝的肉，每样下面垫着小方块的肉，凸起来显著饱满的样子。中间圆墩则是一盘杂和菜。这一个苏盘很是壮观。家里自备炒菜必不可少的是：摊鸡蛋，切成长条；炒菠菜；炒韭黄肉丝；炒豆芽菜；炒粉丝。若是韭黄肉丝、粉丝、豆芽菜炒在一起便是“和菜”，上面盖上一张摊鸡蛋，便是所谓“和菜戴帽儿”了。此外一盘葱一盘甜面酱，羊角葱最好，细嫩。

吃的方法太简单了，把饼平放在大盘子上，单张或双张均可，抹酱少许，葱数根，从苏盘中每样捡取一小箸，再加炒菜，最后放粉丝。卷起来就可以吃了，有人贪，每样菜都狠狠地捡，结果饼小菜多，卷不起来，即使卷起来也竖立不起来。于是出馊招，卷饼的时候中间放一根筷子，竖起之后再把筷子抽出。那副吃相，下作！

饼吃过后，一碗“罐儿汤”似乎是必需的。“罐儿汤”和酸辣汤近似，但是不酸不辣，扑一个鸡蛋在内就成了。加些金针木耳更好。吃一回薄饼，餐桌上布满盘碗，其实所费无多。我犹嫌其麻烦，乃常削减菜数，仅备一盘熟肉切丝，一盘摊鸡蛋，一盘豆芽菜炒丝，一盘粉丝，名之曰“简易薄”，儿辈辄欢呼不已，一个孩子保持一次吃七卷双张的记录！

锅巴

抗战时期后方餐馆有一道菜名为“轰炸东京”，实在就是虾仁锅巴汤。侍者一手端着一大碗油炸锅巴，一手端着一小碗烩虾仁，锅巴放在桌上之后立即把烩虾仁浇上去，刺啦一声响，食客大悦，认为这一声响仿佛就是东京被轰炸了，心里一高兴，食欲顿开。有人说这个菜名取得无聊，取快一时，形同儿戏。也有人说，抗战时期一切都该与抗战有关，与抗战无关的东西也要加上与抗战有关的名义。这虾仁锅巴汤，命名为轰炸东京，可以提高士气，有什么不好？难道你不想轰炸东京吗？听说后来我们以德报怨结束抗战之后，还有人一度改轰炸东京为轰炸莫斯科呢。这且不谈。锅巴一定要炸得滚烫，烩虾仁要同时做好，趁热上桌。厨房和食桌不能距离太远，侍者不能迈方步，要争取时间，否则烩虾仁浇上去闷无声响，那就很泄气了，事实上泄气的场面较为常见。

锅巴，一称锅底饭。北人煮米半熟辄捞出置笼屉中蒸而食之，无所谓锅巴。南人率皆用锅煮米至熟为止，因此锅底有一层焦饭。焦饭特别香。《南史·潘综传》:“宋初，吴郡人陈遗，少为郡吏，母好食锅底饭，遗在役，恒带一囊，每煮食，辄录其焦以奉母。”以焦饭奉母，人称为纯孝。锅巴本身确是别有滋味，不必油炸。现在店肆出售的锅巴乃大量制造，雪白的，炸得酥脆，包装起来当作一种零食点心，非复往昔之铛底饭了。

锅巴汤不一定要浇以烩虾仁，以我所知，口蘑锅巴汤味乃更胜一筹。所谓口蘑是指张家口一带出产的蘑菇，形状与味道和香蕈冬菇不同。有人说，蒙古人吃牛羊肉，剩下的汤汤水水泼在树根朽木之上，长出来的菌类便是口蘑，味道当然不同。但是也有人说，口蘑是牛马粪溺滋养出来的。果如后说，口蘑岂非类似北平俗语所谓的“狗尿台”？我相信口蘑还是人工培植出来的，上什么肥料就不得而知了。口蘑有大有小，愈小味愈浓，顶小的一种号称口蘑丁，大小略如纽扣，细小齐整，上面还带着一层白霜，美观极了。抗战前夕，平绥路局长以专车邀我们几个学界的朋友（有顾毓琇、吴景超夫妇、庄前鼎、杨伯屏及下走）游大同云冈，归途经张家口小停，我以三十余元买了半斤上好的道地的口蘑丁，那时候三十余元就是小学教师一月的薪给。蘑菇丁很容易发开，用以制口蘑锅巴汤或打卤做汤面都是无上妙品。

时下常吃到的虾仁锅巴汤，往往锅巴不够脆，虾仁复加大量番茄酱，稠糊糊的一大碗，根本不像是汤，样子恶劣。此地无口蘑，从外国来的朋友偶尔带一包口蘑相赠，相当珍贵，但还不是口蘑丁，而且附带着的细沙，洗十次八次也洗不干净，吃到嘴里牙碜，味道也不够浓厚。

面条

面条，谁没吃过？但是其中大有学问。

北方人吃面讲究吃抻面。抻（音 chēn），用手拉的意思，所以又称为拉面。用机器轧切的面曰切面，那是比较晚近的产品，虽然产制方便，味道不大对劲。

我小时候在北平，家里常吃面，一顿饭一顿面是常事，面又常常是面条。一家十几口，面条由一位厨子供应，他的本事不小。在夏天，他总是打赤膊，拿大块和好了的面团，揉成一长条，提起来拧成麻花形，滴溜溜地转，然后执其两端，上上下下地抖，越抖越长，两臂伸展到无可再伸，就把长长的面条折成双股，双股再拉，拉成四股，四股变成八股，一直拉下去，拉到粗细适度为止。在拉的过程中不时地在撒了干面粉的案子上重重地摔，使粘上干面，免得粘了起来。这样地拉一把面，可供十碗八碗。一把面抻好投在沸滚的锅里，马上抻第二把面，如是抻上两三把，差不多就够吃的了，可是厨子累得一头大汗。我常站在厨房门口，参观厨子表演抻面，越夸奖他，他越抖神，眉飞色舞，如表演体操。面和得不软不硬，像牛筋似的，两胳膊若没有一把子力气，怎行？

面可以抻得很细。隆福寺街灶温，是小规模的二荤铺，他家的拉面真是一绝。拉得像是挂面那样细,而吃在嘴里利利落落。在福全馆吃烧鸭，鸭家妆打卤，在对门灶温叫几碗一窝丝，真是再好没有的打卤面。自己家里抻的面，虽然难以和灶温的比，也可以抻得相当标准。也有人喜欢吃粗面条，可以粗到像是小指头，筷子夹起来卜愣卜愣得像是鲤鱼打挺。本来抻面的妙处就是在于那一口咬劲儿，多少有些韧性，不像切面那样的糟，其原因是抻得久，把面的韧性给抻出来了。要吃过水面，把煮熟的面条在冷水或温水里涮一下；要吃锅里挑，就不过水，稍微粘一点，各有风味。面条宁长勿短，如嫌太长可以拦腰切一两刀再下锅。寿面当然是越长越好。曾见有人用切面做寿面，也许是面搁久了，也许是煮过火了。上桌之后，当众用筷子一挑，肝肠寸断，窘得下不了台！

其实面条本身无味，全凭调配得宜。我见识简陋，记得在抗战初年，长沙尚未经过那次大火，在天心阁吃过一碗鸡火面，印象甚深。首先是那碗，大而且深，比别处所谓二海容量还要大些，先声夺人。那碗汤清可鉴底，表面上没有油星，一抹面条排列整齐，像是美人头上才梳拢好的发蓬,一根不扰。大大的几片火腿鸡脯摆在上面。看这模样就觉得可人，味还差得了？再就是离成都不远的牌坊面，远近驰名，别看那小小一撮面，七八样作料加上去，硬是要得，来往过客就是不饿也能连罄五七碗。我在北碚的时候，有一阵子诗人尹石公做过雅舍的房客，石老是扬州人，也颇喜欢吃面，有一天他对我说:“李笠翁《闲情偶寄》有一段话提到汤面深获我心，他说味在汤里而面索然寡味，应该是汤在面里然后面才有味。我照此原则试验已得初步成功，明日再试敬请品尝。”第二天他果然市得小小蹄膀，细火焖烂，用那半锅稠汤下面，把汤耗干为度，蹄膀的精华乃全在面里。

我是从小吃炸酱面长大的。面自一定是抻的，从来不用切面。后来离乡外出，没有厨子抻面，退而求其次，家人自抻小条面，供三四人食用没有问题。用切面吃炸酱面，没听说过。四色面码，一样也少不得，掐菜、黄瓜丝、萝卜缨、芹菜末。二荤铺里所谓“小碗干炸儿”，并不佳，酱太多肉太少。我们家里曾得高人指点，酱炸到八成之后加茄子丁，或是最后加切成块的摊鸡蛋，其妙处在于尽量在面上浇酱而不虞太咸。这是馋人想出来的法子。北平人没有不爱吃炸酱面的。有一时期我家隔壁是左二区，午间隔墙我们可以听到“呼噜——呼噜”的声音，那是一群警察先生在吃炸酱面，“咔嚓”一声，那是啃大蒜！我有一个妹妹小时患伤寒，中医认为已无可救药，吩咐随她爱吃什么都可以，不必再有禁忌，我母亲问她想吃什么，她气若游丝地说想吃炸酱面，于是立即做了一小碗给她，吃过之后立刻睁开眼睛坐了起来，过一两天病霍然而愈。炸酱面有起死回生之效！

我久已吃不到够标准的炸酱面，酱不对，面不对，面码不对，甚至于醋也不对。有些馆子里的伙计，或是烹饪专家，把阳平的“炸”念作去音炸弹的“炸”，听了就倒胃口，甭说吃了。当然面有许多做法，只要做得好，怎样都行。

豆腐

豆腐是我们中国食品中的瑰宝。豆腐之法，是否始于汉淮南王刘安，没有关系，反正我们已经吃了这么多年，至今仍然在吃。在海外留学的人，到唐人街杂碎馆打牙祭少不了要吃一盘烧豆腐，方才有家乡风味。有人在海外由于制豆腐而发了财，也有人研究豆腐而得到学位。

关于豆腐的事情，可以编写一部大书，现在只是谈谈几项我个人所喜欢的吃法。

凉拌豆腐，最简单不过。买块嫩豆腐，冲洗干净，加上一些葱花，撒些盐，加麻油，就很好吃。若是用红酱豆腐的汁浇上去，更好吃。至不济浇上一些酱油膏和麻油，也不错。我最喜欢的是香椿拌豆腐。香椿就是庄子所说的“以八千岁为春，以八千岁为秋”的椿。取其吉利，我家后院植有一棵不大不小的椿树，春发嫩芽，绿中微带红色，摘下来用沸水一烫，切成碎末，拌豆腐，有奇香。可是别误摘臭椿，臭椿就是樗，本草李时珍曰:“其叶臭恶，歉年人或采食。”近来台湾也有香椿芽偶然在市上出现，虽非臭椿，但是嫌其太粗壮，香气不足。在北平，和香椿拌豆腐可以相提并论的是黄瓜拌豆腐，这黄瓜若是冬天温室里长出来的，在没有黄瓜的季节吃黄瓜拌豆腐，其乐也如何？比松花拌豆腐好吃得多。

“鸡刨豆腐”是普通家常菜，可是很有风味。一块老豆腐用铲子在炒锅热油里戳碎，戳得乱七八糟，略炒一下，倒下一个打碎了的鸡蛋，再炒，加大量葱花。养过鸡的人应该知道，一块豆腐被鸡刨了是什么样子。

锅塌豆腐又是一种味道。切豆腐成许多长方块，厚薄随意，裹以鸡蛋汁，再裹上一层芡粉，入油锅炸，炸到两面焦，取出。再下锅，浇上预先备好的调味汁，如酱油料酒等，如有虾子羼入更好。略烹片刻，即可供食。虽然仍是豆腐，然已别有滋味。台北天厨陈万策老板，自己吃长斋，然喜烹调，推出的锅塌豆腐就是北平作风。

沿街担贩有卖“老豆腐”者。担子一边是锅灶，煮着一锅豆腐，久煮成蜂窝状，另一边是碗匙佐料如酱油、醋、韭菜末、芝麻酱、辣椒油之类。这样的老豆腐，自己在家里也可以做。天厨的老豆腐，加上了鲍鱼火腿等，身份就不一样了。

担贩亦有吆喝“卤煮啊，炸豆腐”者，他卖的是炸豆腐，三角形的，间或还有加上炸豆腐丸子的，煮得烂，加上些佐料如花椒之类，也别有风味。

一九二九年至一九三零年之际，李璜先生宴客于上海四马路美丽川（应该是美丽川菜馆，大家都称之为美丽川），我记得在座的有徐悲鸿、蒋碧微等人，还有我不能忘的席中的一道“蚝油豆腐”。事隔五十余年，不知李幼老还记得否。蚝油豆腐用头号大盘，上面平铺着嫩豆腐，一片片得像瓦垄然，整齐端正，黄澄澄的稀溜溜的蚝油汁洒在上面，亮晶晶的。那时候四川菜在上海初露头角，我首次品尝，诧为异味，此后数十年间吃过无数次川菜，不曾再遇此一杰作。我揣想那一盘豆腐是摆好之后去蒸的，然后浇汁。

厚德福有一道名菜，尝过的人不多，因为非有特殊关系或情形他们不肯做，做起来太麻烦，这就是“罗汉豆腐”。豆腐捣成泥，加芡粉以增其黏性，然后捏豆腐泥成小饼状，实以肉馅，和捏汤团一般，下锅过油，再下锅红烧，辅以佐料。罗汉是断尽三界一切见思惑的圣者，焉肯吃外表豆腐而内含肉馅的丸子，称之为罗汉豆腐是有揶揄之意，而且也没有特殊的美味，和“佛跳墙”同是噱头而已。

冻豆腐是广受欢迎的，可下火锅，可做冻豆腐粉丝熬白菜（或酸菜）。有人说，玉泉山的冻豆腐最好吃，泉水好，其实也未必。凡是冻豆腐，味道都差不多。我常看到北方的劳苦人民，辛劳一天，然后拿着一大块锅盔，捧着一黑皮大碗的冻豆腐粉丝熬白菜，唏里呼噜地吃，我知道他自食其力，他很快乐。

两做鱼

常听人说北方人不善食鱼，因为北方河流少，鱼也就不多。我认识一位蒙古贵族，除了糟溜鱼片之外，从不食鱼；清蒸鲥鱼，干烧鲫鱼，他不屑一顾，他生怕骨鲠刺喉。可是亦不尽然。不久以前我请一位广东朋友吃石门鲤鱼，居然谈笑间一根大刺横鲠在喉，喝醋吞馒头都不收效，只好到医院行手术。以后他大概只能吃“滑鱼球”了。我又有一位江西同学，他最会吃鱼，一见鱼脍上桌便不停下箸，来不及剔吐鱼刺，伸出舌头往嘴边一送，便一根根鱼刺贴在嘴角上，积满一把才用手抹去。可见食鱼之巧拙，与省籍无关，不分南北。

《诗经·陈风》:“岂其食鱼，必河之鲂?”“岂其食鱼，必河之鲤?”河就是黄河。鲂味腴美,《本草纲目》说“鲂鱼处处有之”。汉沔固盛产，黄河里也有。鲤鱼就更不必说。跳龙门的就是鲤鱼。冯谖齐人，弹铗叹食无鱼，孟尝君就给他鱼吃，大概就是黄河鲤了。

提起黄河鲤，实在是大大有名。黄河自古时常泛滥，七次改道，为一大灾害，治黄乃成历朝大事。清代置河道总督管理其事，动员人众，斥付巨资，成为大家艳羡的肥缺。从事河工者乃穷极奢侈，饮食一道自然精益求精。于是豫菜乃能于餐馆业中独树一帜。全国各地皆有鱼产，松花江的白鱼、津沽的银鱼、近海的石首鱼、松江之鲈、长江之鲥、江淮之鮰、远洋之鲳……无不佳美，难分轩轾。黄河鲤也不过是其中之一。

豫菜以开封为中心，洛阳亦差堪颉颃。到豫菜馆吃饭，柜上先敬上一碗开口汤，汤清而味美。点菜则少不得黄河鲤。一尺多长的活鱼，欢蹦乱跳，伙计当着客人面前把鱼猛掷触地，活活摔死。鱼的做法很多，我最欣赏清炸酱汁两做，一鱼两吃，十分经济。

清炸鱼说来简单，实则可以考验厨师使油的手艺。使油要懂得沸油、热油、温油的分别。有时候做一道菜，要转变油的温度。炸鱼要用猪油，炸出来色泽好，用菜油则易焦。鱼剖为两面，取其一面，在表面上斜着纵横切而不切断。入热油炸之，不须裹面糊，可裹芡粉，炸到微黄，鱼肉一块块地裂开，看样子就引人入胜。撒上花椒盐上桌。常见有些他处的餐馆做清炸鱼，鱼的身份是无可奈何的事，只要是活鱼就可以入选了，但是刀法太不讲究，切条切块大小不一，鱼刺亦多横断，最坏的是外面裹了厚厚一层面糊。

两做鱼另一半酱汁，比较简单，整块的鱼嫩熟之后浇上酱汁即可，唯汁宜稠而不黏，咸而不甜。要撒姜末，不需其他佐料。

瓦块鱼

严辰《忆京都词》有一首是这样的：

忆京都·陆居罗水族

鲤鱼硕大鲫鱼多，当客击鲜随所欲。

此间俗手味烹鲜，令人空自羡临渊。

严辰是浙江人，在鱼米之乡居然也怀念北人的烹鲜。故都虽然尝不到黄河鲤，但是北平的河南馆子治鱼还是有独到之处。厚德福的瓦块鱼便是一绝。一块块炸黄了的鱼，微微弯卷做瓦片形，故以为名。上面浇着一层稠黏而透明的糖醋汁，微洒姜末，看那形色就令人馋涎欲滴。

我曾请教过厚德福的陈掌柜，他说得轻松，好像做瓦块鱼没什么诀窍。其实不易。首先选材要精，活的鲤鱼鲢鱼都可以用，取其肉厚。但是只能用其中段最精的一部分。刀法也有考究，鱼片厚薄适度，去皮，而且尽可能避免把鱼刺切得过分碎断。裹蛋白芡粉，不可裹面糊。温油，炸黄。做糖醋汁，用上好藕粉，比芡粉好看，显着透明，要用冰糖，趁热加上一勺热油，取其光亮，浇在炸好的鱼片上，最后撒上姜末，就可以上桌了。

一盘瓦块鱼差不多快吃完，伙计就会过来，指着盘中的剩汁说：“给您焙一点面吧?”顾客点点头，他就把盘子端下去，不大的工夫，一盘像是焦炒面似的东西端上来了。酥、脆、微带甜酸，味道十分别致。可是不要误会。那不是面条，面条没有那样细，也没有那样酥脆。那是番薯（即马铃薯）擦丝，然后下油锅炒成的。若不经意，还会以为真是面条呢。

因为瓦块鱼受到普遍欢迎，各地仿制者众，但是很少能达到水准。大凡烹饪之术，各地不尽相同，即以一地而论，某一餐馆专擅某一菜数，亦不容他家效颦。瓦块鱼是河南馆的拿手，而以厚德福为最著；醋熘鱼（即五柳鱼）是南宋宋五嫂五柳居的名菜，流风遗韵一直保存在杭州西湖。《光绪顺天府志》：“五柳鱼，浙江西湖五柳居煮鱼最美，故传名也。今京师食馆仿为之，亦名五柳鱼。”北人仿五柳鱼，犹南人仿瓦块鱼也，不能神似。北人做五柳鱼，肉丝笋丝冬菇丝堆在鱼身上，鱼肉硬，全无五柳风味。樊樊山有一首诗《攘蘅招饮广和居即席有作》：

闲里堂堂白日过，与君对酒复高歌。
都京御气横江尽，金铁秋声出塞多。
未信鱼羹输宋嫂，漫将肉饼问曹婆。
百年掌故城南市，莫学桓伊唤奈何。

所谓“未信鱼羹输宋嫂”，是想象之词。百年老店，模仿宋五嫂的手艺，恐怕也是不过尔尔。

生炒鳝鱼丝

鳝为我国特产。正写是鱓，鳝为俗字。一名曰(鱼旦)。《山海经·北山经》:“姑灌之山，湖灌之水出焉，其中多(鱼旦)。”鳝鱼各地皆有生产，腹作黄色，故曰黄鳝，浅水泥塘以至稻田，到处都有。

鳝鱼的样子有些可怕，像蛇，像水蛇，遍体无鳞，而又浑身裹着一层黏液，滑溜溜的，因此有人怕吃它。我小时看厨师宰鳝鱼，印象深刻。鳝鱼是放在院中大水缸里的，鳝鱼一条条在水中直立，探头到水面吸空气，抓它很容易，手到擒来。因为它黏，所以要用抹布裹着它才能抓得牢。用一根大铁钉把鳝鱼头部仰着钉牢在砧板上，然后顺着它的肚皮用尖刀直划，取出脏腑，再取出脊骨，皮上黏液当然要用盐搓掉。血淋淋的一道杀宰手续，看得人心惊胆战。

《颜氏家训·归心》:“江陵刘氏，以卖鳝羹为业，后生一子，头是鳝，以下方为人耳。”莲池大师《放生文》注:“杭州湖墅于氏者，有邻家被盗，女送鳝鱼十尾，为母问安，畜瓮中，忘之矣。一夕，梦黄衣尖帽者十人，长跪乞命，觉而疑之，卜诸术人，曰:‘当有生求放耳。’遍索室内，则瓮有巨鳝在焉，数之正十，大惊，放之，时万历九年事也。”信有因果之说，遂作放生之论。但是美味所在，放者自放，吃者自吃。

在北方只有河南餐馆卖鳝鱼。山东馆没有这一项。食客到山东馆子点鳝鱼，是外行。河南馆做鳝鱼，我最欣赏的是生炒鳝鱼丝。鳝鱼切丝，一两寸长，猪油旺火爆炒，加进少许芫荽，另盐，不须其他任何配料。这样炒出来的鳝鱼，肉是白的，微有脆意，极可口，不失鳝鱼本味。另一做法是黄焖鳝鱼段，切成四方块，加一大把整的蒜瓣进去，加酱油，焖烂，汁要浓。这样做出来的鳝鱼是酥软的，另有风味。

淮扬馆子也善作鳝鱼，其中“炝虎尾”一色极为佳美。把鳝鱼切成四五寸长的宽条，像老虎尾巴一样，上略宽，下尖细，如果全是截自鳝鱼尾巴，则更妙。以沸汤煮熟之后即捞起，一条条地在碗内排列整齐，浇上预先备好麻油酱油料酒的汤汁，冷却后，再撒上大量的捣碎了的蒜（不是蒜泥）。宜冷食。样子有一点吓人，但是味美。至于炒鳝糊，或加粉丝垫底名之为软兜带粉。那鳝鱼虽名为炒，却不是生炒，是煮熟之后再炒，已经十分油腻。上桌之后侍者还要手持一只又黑又脏的搪瓷碗（希望不是漱口杯），浇上一股子沸开的油，刺啦一声，油直冒泡，然后就有热心人用筷子乱搅拌一阵，还有热心人猛撒胡椒粉。那鳝鱼当中时常羼上大量笋丝茭白丝之类，有喧宾夺主之势。遇到这种场面，就不能不令人怀念生炒鳝鱼丝了。在万华吃海鲜，有一家招牌大书生炒鳝鱼丝，实际上还是熟炒。我曾问过一家北方名馆主人，为什么不试做生炒鳝丝，他说此地没有又粗又壮的巨鳝，切不出丝。也许他说得对，在市场里是很难遇到够尺寸的黄鳝。

江浙的爆鳝过桥面，令我怀想不置。爆鳝是炸过的鳝鱼条，然后用酱油焖，加相当多的糖。这种爆鳝，非常香脆，以半碟下酒，另半碟连汁倒在面上，香极了。

所说某处有所谓全鳝席，我没有见过这种场面。想来原则上和全鸭席差不多，以各种不同的方式取胜。全鸭席我是见过的，——拌鸭掌、糟鸭片、烩鸭条、糟蒸鸭肝、烩鸭胰、黄焖鸭块、姜芽炒鸭片、烩鸭舌，最后是挂炉烧鸭。全鳝席当然也是类似的做法。这是噱头，知味者恐怕未必以为然，因为吃东西如配方，也要君臣佐使，搭配平衡。

蟹

蟹是美味，人人喜爱，无间南北，不分雅俗。当然我说的是河蟹，不是海蟹。在台湾有人专程飞到香港去吃大闸蟹。好多年前我的一位朋友从香港带回了一篓螃蟹，分飨我两只，得膏馋吻。蟹不一定要大闸的，秋高气爽的时节，大陆上任何湖沼溪流，岸边稻米高粱一熟，率多盛产螃蟹。在北平，在上海，小贩担着螃蟹满街吆唤。

七尖八团，七月里吃尖脐（雄），八月里吃团脐（雌），那是蟹正肥的季节。记得小时候在北平，每逢到了这个季节，家里总要大吃几顿，每人两只，一尖一团。照例通知长发送五斤花雕全家共饮。有蟹无酒，那是大杀风景的事。《晋书·毕卓传》："右手持酒杯，左手持蟹螯，拍浮酒船中，便足了一生矣！"我们虽然没有那样狂，也很觉得乐陶陶了。

母亲对我们说，她小时候在杭州家里吃螃蟹，要慢条斯理，细吹细打，一点蟹肉都不能糟蹋，食毕要把破碎的蟹壳放在戥子上称一下，看谁的一份儿分量轻，表示吃得最干净，有奖。我心粗气浮，没有耐心，蟹的小腿部分总是弃而不食，肚子部分囫囵略咬而已。每次食毕，母亲教我们到后院采择艾尖一大把，搓碎了洗手，去腥气。

在餐馆里吃“炒蟹肉”，南人称蟹粉，有肉有黄，免得自己剥壳，吃起来痛快，味道就差多了。西餐馆把蟹肉剥出来，填在蟹匡（蟹匡即蟹壳）里烤，那种吃法别致，也索然寡味。食蟹而不失原味的唯一方法是放在笼屉里整只地蒸。在北平吃螃蟹唯一好去处是前门外肉市正阳楼。他家的蟹特大而肥，从天津运到北平的大批蟹，到车站开包，正阳楼先下手挑拣其中最肥大者，比普通摆在市场或摊贩手中者可以大一倍有余，我不知道他是怎样获得这一特权的。蟹到店中畜在大缸里，浇鸡蛋白催肥，一两天后才应客。我曾掀开缸盖看过，满缸的蛋白泡沫。食客每人一份小木槌小木垫，黄杨木制，旋床子订制的，小巧合用，敲敲打打，可免牙咬手剥之劳。我们因是老主顾，伙计送了我们好几副这样的工具。这个伙计还有一样绝活，能吃活蟹，请他表演他也不辞。他取来一只活蟹，两指掐住蟹匡，任它双螯乱舞轻轻把脐掰开，咔嚓一声把蟹壳揭开，然后扯碎入口大嚼，看得人无不心惊。据他说味极美，想来也和吃炝活虾差不多。在正阳楼吃蟹，每客一尖一团足矣，然后补上一碟烤羊肉夹烧饼而食之，酒足饭饱。别忘了要一碗氽大甲，这碗汤妙趣无穷，高汤一碗煮沸，投下剥好了的蟹螯七八块，立即起锅注在碗内，撒上芫荽末，胡椒粉，和切碎了的回锅老油条。除了这一味氽大甲，没有任何别的羹汤可以压得住这一餐饭的阵脚。以蒸蟹始，以大甲汤终，前后照应，犹如一篇起承转合的文章。

蟹黄蟹肉有许多种吃法，烧白菜，烧鱼唇，烧鱼翅，都可以。蟹黄烧卖则尤其可口，唯必须真有蟹黄蟹肉放在馅内才好，不是一两小块蟹黄摆在外面做样子的。蟹肉可以腌后收藏起来，是为蟹胥，俗名为蟹酱，这是我们古已有之的美味。《周礼·天官·庖人注》:“青州之蟹胥。”青州在山东，我在山东住过，却不曾吃过青州蟹胥，但是我有一位家乡在芜湖的同学，他从家乡带了一小坛蟹酱给我。打开坛子，黄澄澄的蟹油一层,香气扑鼻。一碗阳春面,加进一两匙蟹酱,岂止是“清水变鸡汤”？

海蟹虽然味较差,但是个子粗大,肉多。从前我乘船路过烟台威海卫，停泊之后，舢板云集，大半是贩卖螃蟹和大虾的。都是煮熟了的。价钱便宜，买来就可以吃。虽然微有腥气，聊胜于无。生平吃海蟹最满意的一次，是在美国华盛顿州的安哲利斯港的码头附近，买得两只巨蟹，硕大无朋，从冰柜里取出，却十分新鲜，也是煮熟了的，一家人趁等候轮渡之便，在车上分而食之，味甚鲜美，和河蟹相比各有千秋，这一次的享受至今难忘。

陆放翁诗:“磊落金盘荐糖蟹。”我不知道螃蟹可以加糖。可是古人记载确有其事。《清异录》:“炀帝幸江州，吴中贡糖蟹。”《梦溪笔谈》:“大业中，吴郡贡蜜蟹二千头……大抵南人嗜咸，北有嗜甘，鱼蟹加糖蜜，盖便于北俗也。”如今北人没有这种风俗，至少我没有吃过甜螃蟹，我只吃过南人的醉蟹，真咸！螃蟹蘸姜醋，是标准的吃法，常有人在醋里加糖，变成酸甜的味道，怪！

火腿

从前北方人不懂吃火腿，嫌火腿有一股陈腐的油腻涩味，也许是不善处理,把“滴油”"一部分未加削裁就吃下去了,当然会吃得舌矫不能下，好像舌头要黏住上膛一样，有些北方人见了火腿就发怵，总觉得没有清酱肉爽口。后来许多北方人也能欣赏火腿，不过火腿究竟是南货，在北方不是顶流行的食物。道地的北方餐馆做菜配料，绝无使用火腿 ，永远是清酱肉。事实上，清酱肉也的确很好，我每次做江南游总是携带几方清酱肉，分馈亲友，无不赞美。只是清酱肉要输火腿特有的一段香。

火腿的历史且不去谈他。也许是宋朝大破金兵的宗泽于无意中所发明。宗泽是义乌人，在金华之东。所以直到如今，凡火腿必曰金华火腿。东阳县亦在金华附近,《东阳县志》云:“薰蹄，俗谓火腿，其实烟薰，非火也。腌晒薰将如法者，果胜常品，以所腌之盐必台盐，所薰之烟必松烟，气香烈而善入，制之及时如法，故久而弥旨。”火腿制作方法亦不必细究，总之手续及材料必定很有考究。东阳上蒋村蒋氏一族大部分以制火腿为业，故“蒋腿”特为著名。金华本地不能吃到好的火腿，上品均已行销各地。

我在上海时，每经大马路，辄至天福市得熟火腿四角钱，店员以利刃切成薄片，瘦肉鲜明似火，肥肉依稀透明，佐酒下饭为无上妙品。至今思之犹有余香。

一九二六年冬，某日吴梅先生宴东南大学同人于南京北万全，予亦叨陪。席间上清蒸火腿一色，盛以高边大瓷盘，取火腿最精部分，切成半寸见方高寸许之小块，二三十块矗立于盘中，纯由醇酿花雕蒸制熟透，味之鲜美无与伦比。先生微酡，击案高歌，盛会难忘，于今已有半个世纪有余。

抗战时，某日张道藩先生召饮于重庆之留春坞。留春坞是云南馆子。云南的食物产品，无论是萝卜或是白菜都异常硕大，猪腿亦不例外。故云腿通常均较金华火腿为壮观，脂多肉厚，虽香味稍逊，但是做叉烧火腿则特别出色。留春坞的叉烧火腿，大厚片烤熟夹面包，丰腴适口，较湖南馆子的蜜汁火腿似乎犹胜一筹。

台湾气候太热，不适于制作火腿，但有不少人仿制，结果不是粗制滥造，但是腌晒不足急于发售，带有死尸味；幸而无尸臭，亦是一味死咸，与“家乡肉”无殊。逢年过节，常收到礼物，火腿是其中一色。即使可以食用，其中那根大骨头很难剔除，运斤猛斫，可能砍得稀巴烂而骨尚未断，我一见火腿便觉束手无策，廉价出售不失为一办法，否则只好由菁清持住往熟识商店请求代为肢解。

有人告诉我，整只火腿煮熟是有诀窍的。法以整只火腿浸泡水中三数日，每日换水一二次，然后刮磨表面油渍，然后用凿子挖出其中的骨头（这层手续不易），然后用麻绳紧紧捆绑，下锅煮沸二十分钟，然后以微火煮两小时，然后再大火煮沸，取出冷却，即可食用。像这样繁复的手续，我们哪得工夫？不如买现成的火腿吃（台北有两家上海店可以买到），如果买不到，干脆不吃。

有一次得到一只真的金华火腿，瘦小坚硬，大概是收藏有年。菁清持往熟识商肆，老板奏刀，砉的一声，劈成两截。他怔住了，鼻孔翕张，好像是嗅到了异味，惊叫："这是道地的金华火腿，数十年不闻此味矣！"他嗅了又嗅不忍释手，他要求把爪尖送给他，结果连蹄带爪都送给他了。他说回家去要好好炖一锅汤吃。

美国的火腿，所谓 ham ，不是不好吃，是另一种东西。如果是现烤出来的大块火腿，表皮上烤出凤梨似的斜方格，趁热切大薄片而食之，亦颇可口，唯不可与金华火腿同日而语。"佛琴尼亚火腿"则又是一种货色，色香味均略近似金华火腿，去骨者尤佳，常居海外的游子，得此聊胜于无。

狮子头

狮子头，扬州名菜。大概是取其形似，而又相当大，故名。北方饭庄称之为四喜丸子，因为一盘四个。北方做法不及扬州狮子头远甚。

我的同学王化成先生，扬州人，幼失怙，赖姑氏扶养成人，姑善烹调，化成耳濡目染，亦通调和鼎鼐之道。化成官外交部多年，后外放葡萄牙公使历时甚久，终于任上。他公余之暇，常亲操刀俎，以娱嘉宾。狮子头为其拿手杰作之一，曾以制作方法见告。

狮子头人人会做，巧妙各有不同。化成教我的方法是这样的——

首先取材要精。细嫩猪肉一大块，七分瘦三分肥，不可有些许筋络纠结于其间。切割之际最要注意，不可切得七歪八斜，亦不可剁成碎泥，其秘诀是“多切少斩”。挨着刀切成碎丁，越碎越好，然后略为斩剁。

其次步骤也很重要。肉里不羼芡粉，容易碎散；加了芡粉，黏糊糊的不是味道。所以调好芡粉要抹在两个手掌上，然后捏搓肉末成四个丸子，这样丸子外表便自然糊上了一层芡粉，而里面没有。把丸子微微按扁，下油锅炸，以丸子表面紧绷微黄为度。

再下一步是蒸。碗里先放一层转刀块冬笋垫底，再不然就横切黄芽白作墩形数个也好。把炸过的丸子轻轻放在碗里，大火蒸一个钟头以上。揭开锅盖一看，浮着满碗的油，用大匙把油撇去，或用大吸管吸去，使碗里不见一滴油。

这样的狮子头，不能用筷子夹，要用羹匙舀，其嫩有如豆腐。肉里要加葱汁、姜汁、盐。愿意加海参、虾仁、荸荠、香蕈，各随其便，不过也要切碎。

狮子头是雅舍食谱中重要的一色。最能欣赏的是当年在北碚的编译馆同人萧毅武先生，他初学英语，称之为“莱阳海带”，见之辄眉飞色舞。化成客死异乡，墓木早拱矣，思之怃然！

在宽厚中流露真滋味，
在幽默中表露真性情

漫谈读书

我们现代人读书真是幸福。古者，“著于竹帛谓之书”，竹就是竹简，帛就是缣素。书是稀罕而珍贵的东西。一个人若能垂于竹帛，便可以不朽。孔子晚年读《易》，韦编三绝，用韧皮贯联竹简，翻来翻去以至于韧皮都断了，那时候读书多么吃力！后来有了纸，有了毛笔，书的制作比较方便，但在印刷之术未行以前，书的流传完全是靠抄写。我们看看唐人写经，以及许多古书的抄本，可以知道一本书得来非易。自从有了印刷术，刻板、活字、石印、影印，乃至于显微胶片，读书的方便无以复加。

物以稀为贵。但是书究竟不是普通的货物。书是人类的智慧的结晶，经验的宝藏，所以尽管如今满坑满谷的都是书，书的价值不是用金钱可以衡量的。价廉未必货色差，畅销未必内容好。书的价值在于其内容的精到。宋太宗每天读《太平御览》等书二卷，漏了一天则以后追补，他说：“开卷有益，朕不以为劳也。”这是“开卷有益”一语之由来。《太平御览》采集群书 1600 余种，分为 55 门，历代典籍尽萃于是，宋太宗日理万机之暇日览两卷，当然可以说是“开卷有益”。如今我们的书太多了，纵不说粗制滥造，至少是种类繁多，接触的方面甚广。我们读书要有抉择，否则不但无益而且浪费时间。

那么读什么书呢？这就要看各人的兴趣和需要。在学校里，如果能在教师里遇到一两位有学问的，那是最幸运的事，他能适当地指点我们读书的门径。离开学校就只有靠自己了。读书，永远不恨其晚。晚，比永远不读强。有一个原则也许是值得考虑的：作为一个道地的中国人，有些部书是非读不可的。这与行业无关。理工科的、财经界的、文法门的，都需要读一些蔚成中国文化传统的书。经书当然是其中重要的一部分，史书也一样的重要。盲目地读经不可以提倡，意义模糊的所谓“国学”亦不能餍现代人之望。一系列的古书是我们应该以现代眼光去了解的。

黄山谷说：“人不读书，则尘俗生其间，照镜则面目可憎，对人则语言无味。”细味其言，觉得似有道理。事实上，我们所看到的人，确实是面目可憎语言无味的居多。我曾思索，其中因果关系安在？何以不读书便面目可憎语言无味？我想也许是因为读书等于是尚友古人，而且那些古人著书立说必定是一时才俊，与古人游不知不觉受其熏染，终乃收改变气质之功，境界既高，胸襟既广，脸上自然透露出一股清醇爽朗之气，无以名之，名之曰书卷气。同时在谈吐上也自然高远不俗。反过来说，人不读书，则所为何事，大概是陷身于世网尘劳，困厄于名缰利锁，五烧六蔽，苦恼烦心，自然面目可憎，焉能语言有味？

当然，改变气质不一定要靠读书。例如，艺术家就另有一种修为。“伯牙学琴于成连先生，三年不成。成连言吾师方子春今在东海中，能移人情。

乃与伯牙偕往，至蓬莱山，留伯牙宿，曰：‘子居习之，吾将迎师。’刺船而去，旬时不返。伯牙延望无人，但闻海水洞崩拆之声，山林冥，群鸟悲号，怆然叹曰：‘先生将移我情。’乃援琴而歌，曲成，成连刺船迎之而返。伯牙之琴，遂妙天下。”这一段记载，写音乐家之被自然改变气质，虽然神秘，不是不可理解的。禅宗教外别传。根本不立文字，靠了顿悟即能明心见性。这究竟是生有异禀的人之超绝的成就。以我们一般人而言，最简便的修养方法是读书。

书，本身就是情趣，可爱。大大小小形形色色的书，立在架上，放在案头，摆在枕边，无往而不宜。好的版本尤其可喜。我对线装书有一分偏爱。吴稚晖先生曾主张把线装书一律丢在茅厕坑里，这偏激之言令人听了不大舒服。如果一定要丢在茅厕坑里，我丢洋装书，舍不得丢线装书。可惜现在线装书很少见了，就像穿长袍的人一样的稀罕。几十年前我搜求杜诗版本，看到古逸丛书影印宋版蔡孟弼《草堂诗笺》，真是爱玩不忍释手，想见原本之版面大，刻字精，其纸张墨色亦均属上选。在校勘上笺注上此书不见得有多少价值，可是这部书本身确是无上的艺术品。

好书谈

从前有一个朋友说，世界上的好书，他已经读尽，似乎再没有什么好书可看了。当时许多别的朋友不以为然，而较长一些的朋友就更以为狂妄。现在想想，却也有些道理。

世界上的好书本来不多，除非爱书成癖的人（那就像抽鸦片抽上瘾一样的），真正心悦诚服地手不释卷，实在有些稀奇。还有一件最令人气短的事，就是许多最伟大的作家往往没有什么凭借，但却做了后来二三流的人的精神上的财源了。柏拉图、孔子、屈原，他们一点一滴，都是人类的至宝，可是要问他们从谁学来的，或者读什么人的书而成就如此，恐怕就是最善于说谎的考据家也束手无策。这事有点怪！难道真正伟大的作家，读书不读书没有什么关系吗？读好书或读坏书也没有什么影响吗？

叔本华曾经说好读书的人就好像惯于坐车的人，久而久之，就不能在思想上迈步了。这真唤醒人的迷梦不小！小说家瓦塞曼竟又说过这样的话，认为倘若为了要鼓起创作的勇气，只有读二流的作品。因为在读二流的作品的时候，他可以觉得只要自己一动手就准强，倘读第一流的作品却往往叫人减却了下笔的胆量。这话也不能说没有部分的真理。

也许世界上天生有种人是作家，有种人是读者。这就像天生有种人是演员，有种人是观众；有种人是名厨，有种人却是所谓“老饕”。演员是不是十分热心看别人的戏，名厨是不是爱尝别人的菜，我也许不能十分确切地肯定，但我见过一些作家，却确乎不大爱看别人的作品。如果是同时代的人，更如果是和自己的名气不相上下的人，大概尤其不愿意寓目。我见过一个名小说家，他的桌上空空如也，架上仅有的几本书是他自己的新著，以及自己所编过的期刊。我也曾见过一个名诗人（新诗人），他的唯一读物是《唐诗三百首》，而且在他也尽有多余之感了。这也不一定只是由于高傲，如果分析起来，也许是比高傲还复杂的一种心理。照我想，也许是真像厨子（哪怕是名厨），天天看见油锅油勺，就腻了。除非自己逼不得已而下厨房，大概再不愿意去接触这些家伙，甚而不愿意见一些使他可以联想到这些家伙的物事。职业的辛酸，也有时是外人不晓得的。唐代的阎立本不是不愿意自己的儿子再做画师吗？以教书为生活的人，也往往看见别人在声嘶力竭地讲授，就会想到自己，于是觉得“惨不忍闻”。做文章更是一桩呕心沥血的事，成功失败都要有一番产痛，大概因此之故不忍读他人的作品了。

撇开这些不说，站在一个纯粹读者而论，却委实有好书不多的实感。分量多的书，糟粕也就多。读读杜甫的选集十分快意，虽然有些佳作也许漏过了选者的眼光。读全集怎么样？叫人头痛的作品依然不少。据说有把全集背诵一字不遗的人，我想这种人是缺乏美感，就只是为了训练记忆。顶讨厌的集子更无过于陆放翁，分量那么大，而佳作却真寥若晨星。反过来，《古诗十九首》、郭璞《游仙诗》十四首却不能不叫人公认为人类的珍珠宝石。钱钟书的小说里曾说到一个产量大的作家，在房屋恐慌中，忽然得到一个新居，满心高兴，谁知一打听，才知道是由于自己的著作汗牛充栋的结果，把自己原来的房子压塌，而一直落在地狱里了。这话诚然有点刻薄，但也许对于像陆放翁那样不知趣的笨伯有一点点儿益处。

古今来的好书，假若让我挑选，我举不出十部。而且因为年龄、环境的不同，也不免随时有些更易。单就目前论，我想是《柏拉图对话集》《论语》《史记》《世说新语》《水浒传》《庄子》《韩非子》，如此而已。其他的书名，我就有些踌躇了。或者有人问，你自己的著作可以不可以列上？我很悲哀，我只有毫不踌躇地放弃附骥之想了。一个人有勇气（无论是糊涂或欺骗）是可爱的，可惜我不能像上海某名画家，出了一套世界名画选集，却只有第一本，那就是他自己的“杰作”！

画梅小记

余北人，从没有见过梅树，所谓“暗香疏影”“水边篱落”，全是些想象中的境界。过年前后，亲朋馈赠，常有四盆红梅，或是蜡梅之类，移植在瓷盆里面，放在客厅里作为陈设，看它瘦曲似铁，又如鹭立空汀，冻萼数点，散缀其间，颇饶风趣。但是花谢之后便无可观，自己不善调护，弃置一年之后，即使幸而不死，也甚少生机，偶尔于近根处抽出一两枝气条，生出三五朵细僵的花苞，反觉败兴。所以对梅花并无多少好感。

后来我读了龚定庵的《病梅馆记》，乃大为感动。这篇古文使我了解什么叫作“自然之美”，什么叫作“自由”。我后来之所以对于“自由”发生强烈的爱慕，对于束缚“自由”的力量怀着甚深的憎恨，大半是受了此文之赐。但是附带着我对于梅花感到兴趣了。盆梅不足以餍我之望，病梅更是令人难过，我憧憬着的乃是庾岭邓尉。我想看看“江边一树垂垂发”是什么样子。

我遨游江南、巴楚之后，有机会看见了梅兄的本色，有带藓苔的丑干老枝，有繁花如簇的香雪海，有的红如口脂，有的白若傅粉，有的是瘦骨嶙峋的斜欹着，有的是杈枒盘空如晴雪塞门，形形色色，各极其妍。但其最足令人妙赏处，乃在一“冷”字。凌厉风霜，不与百花争艳，自有一种孤高幽独的气息。

我不善画，但如《芥子园》之类童时亦曾披阅，“攒三”“聚四”之类亦曾依样葫芦。羁旅无聊，寒窗呵冻，辄为梅兄写真。水墨勾勒，不假丹青，只图抒写胸中逸气，根本谈不到工拙。金冬心《画梅题记》有云：“四月浴佛日清斋毕，在无忧林中，画此遣兴，胜与猫儿、狗子盘桓也。”“心出家庵僧”，实在朴直得可爱。我每次乘兴画梅，亦正做如此想耳。有一回，我效陆凯、范晔故事，画了一枝梅，题上“江南无所有，聊赠一枝春”之句寄赠友好。复信云：“如此梅花，吾家之犬，亦优为之！”是终不免与猫儿狗子为伍，为之大笑。

一张素纸，由我笔墨驰骤，我感到了“自由”。怎样把枝子画得扶疏掩映，怎样把疏密浓淡画得错落有致，怎样把花朵勾得向背得宜，当然是大费周章，但是在这过程中我意识到了“创造”的酸辛。

有人说，画梅花要把那一股芬芳都要画出来，才算是尽了画梅的能事，这种说法可就不免玄虚了。华山一泉（注：实源）画墨梅题云：

一枝常占百花先，信手挥成淡更妍。独有清香描不到，几回探在玉堂前。

要想描出梅花的清香，我觉得实在太难了。我只求能写出梅花的孤高，不要臃肿，不要俗艳，就算是不唐突梅花了。时在严冬，大风凛冽，遥想江南梅树，不知着花也未？

廉

贪污的事，古今中外滔滔皆是，不谈也罢。孟子所说穷不苟求的“廉士”才是难能可贵，谈起来令人齿颊留芬。东汉杨震，暮夜有人馈送十斤黄金，送金的人说：“暮夜无人知。”杨震说：“天知、神知、我知、子知，何谓无知？”这句话万古流传，直到晚近许多姓杨的人家常榜门楣曰“四知堂杨”。清介廉洁的“关西夫子”使得他家族后代脸上有光。

汉末有一位郁林太守陆绩（唐陆龟蒙的远祖）罢官之后泛海归姑苏家乡，两袖清风，别无长物，唯一空舟，恐有覆舟之虞，乃载一巨石镇之。到了家乡，将巨石弃置城门外，日久埋没土中。直到明朝弘治年间，当地有司曳之出土，建亭覆之，题其楣曰“廉石”。一个人居官清廉，一块顽石也得到了美誉。

“银子是白的，眼珠是黑的”，见钱而不眼开，谈何容易。一时心里把握不定，手痒难熬，就有堕入贪墨的泥沼之可能；这时节最好有人能拉他一把。最能使人顽廉懦立的莫过于贤妻良母。《列女传》：田稷子相齐，受下吏货金百镒，献给母亲。母亲说：“子为相三年，禄未尝多若此也，安所得此?”他只好承认是得之于下。母亲告诫他说:“士修身洁行，不为苟得。非义之事不计于心，非理之利不入于家……不义之财非吾有也，不孝之子非吾子也。”这一番义正词严的训话把田稷子说得惭悚不已，急忙把金送还原主。按照我们现下的法律，如果是贿金，收受之后纵然送还，仍有受贿之嫌，纵然没有期约的情事，仍属有玷官箴。这种簠簋不修之事，当年是否构成罪状，固不得而知，从廉白之士看来总是秽行。我们注意的是田稷子的母亲真是识达大义，足以风世。为相三年，薪俸是有限的，焉有多金可以奉母?百镒不是小数，一镒就是二十四两，百镒就是二千四百两，一个人搬都搬不动，而田稷子的母亲不为所动。家有贤妻，则士能安贫守正，更是例不胜举，可怜的是那些室无莱妇的人，在外界的诱惑与阃内的要求两路夹击之下，就很容易失足了。

取不伤廉这句话易滋误解，一芥不取才是最高理想。晋陶侃“少为寻阳县吏，尝监鱼梁，以一坩鲊遗母，湛氏封鲊，反书责侃曰:‘尔为吏，以官物遗我，非惟不能益吾，乃以增吾忧矣’。”(晋书陶侃母湛氏傅)掌管鱼梁的小吏，因职务上的方便，把腌鱼装了一小瓦罐送给母亲吃，可以说是孝养之意，但是湛氏不受，送还给他，附带着还训了他一顿。别看一罐腌鱼是小事，因小可以见大。

谢承后汉书:“巴祗为扬州刺史，与客暗饮，不燃官烛。”私人宴客，不用公家的膏火，宁可暗饮，其饮宴之财，当然不会由公家报销了。因此我想起一件事:好久好久以前，丧乱中值某夫人于途，寒暄之余愀然告曰:“恕我们现在不能邀饮，因为中外合作的机关凡有应酬均需自掏腰包。”我闻之悚然。

还有一段有关官烛的故事。宋周紫芝《竹坡诗话》：“李京兆诸父中有一人，极廉介，一日有家问，即令灭官烛，取私烛阅书，阅毕，命秉官烛如初。”公私分明到了这个地步，好像有一些迂阔。但是，“彼岂乐于迂阔者哉！”

不要以为志行高洁的人都是属于古代，今之古人有时亦可复见。我有一位同学供职某部，兼理该部刊物编辑，有关编务必须使用的信纸信封及邮票等放在一处，私人使用之信函邮票另置一处，公私绝对分开，虽邮票信笺之微，亦不含糊，其立身行事砥砺廉隅有如是者！尝对我说，每获友人来书，率皆使公家信纸信封，心窃耻之，故虽细行不敢不勉。吾闻之肃然起敬。

勤

勤，劳也。无论劳心劳力，竭尽所能黾勉从事，就叫作勤。各行各业，凡是勤奋不怠者必定有所成就，出人头地。即使是出家的和尚，息迹岩穴，徜徉于山水之间，勘破红尘，与世无争，他们也自有一番精进的功夫要做，于读经礼拜之外还要勤行善法不自放逸。且举两个实例：

一个是唐朝开元间的百丈怀海禅师，亲近马祖时得传心印，精勤不休。他制定了“百丈清规”，他自己笃实奉行，“一日不作，一日不食”。一面修行，一面劳作。“出坡”的时候，他躬先领导以为表率。他到了暮年仍然照常操作，弟子们于心不忍，偷偷地把他的农作工具藏匿起来。禅师找不到工具，那一天没有工作，但是那一天他也就真个的没有吃东西。他的刻苦的精神感动了不少的人。

另一个是清初的以山水画著名的石谿和尚。请看他自题《溪山无尽图》：“大凡天地生人，宜清勤自持，不可懒惰。若当得个懒字，便是懒汉，终无用处……残衲住牛首山房，朝夕焚诵，稍余一刻，必登山选胜，一有所得，随笔作山水数幅或字一段，总之不放闲过。所谓静生动，动必作出一番事业。端教一个人立于天地间无愧。若忽忽不知，懒而不觉，何异草木?”人而不勤，无异草木，这句话沉痛极了。过饱食终日无所用心的生活，英文叫作 vegetate，义为过植物的生活。中外的想法不谋而合。

勤的反面是懒。早晨躺在床上睡懒觉，起得床来仍是懒洋洋的不事整洁，能拖到明天做的事今天不做，能推给别人做的事自己不做，不懂的事情不想懂，不会做的事不想学，无意把事情做得更好，无意把成果扩展得更多，耽好逸乐，四体不勤，念念不忘的是如何过周末如何度假期。这就是一个标准懒汉的写照。

恶劳好逸，人之常情。就因为这是人之常情，人才需要鞭策自己。勤能补拙，勤能损欲，这还是消极的说法，勤的积极意义是要人进德修业，不但不同于草木，也有异于禽兽，成为名副其实的万物之灵。

怒

一个人在发怒的时候，最难看，纵然他平素面似莲花，一旦怒而变青变白，甚至面色如土，再加上满脸的筋肉扭曲，眦裂发指，那副面目实在不仅是可憎而已。俗语说，“怒从心上起，恶向胆边生”，怒是心理的也是生理的一种变化。人逢不如意事，很少不勃然变色的。年少气盛，一言不合，怒气相加，但是许多年事已长的人，往往一样的火发暴躁。

我有一位姻长，已到杖朝之年，并且半身瘫痪，每晨必阅报纸，戴上老花镜，打开报纸，不久就要把桌子拍得山响，吹胡瞪眼，破口大骂。报上的记载，他看不顺眼。不看不行，看了怄气。这时候大家躲他远远的，谁也不愿逢彼之怒。过一阵雨过天晴，他的怒气消了。

诗云：“君子如怒，乱庶遄沮；君子如祉，乱庶遄已。”这是说有地位的人，赫然震怒，就可以收拨乱反正之效。一般人还是以少发脾气少惹麻烦为上。盛怒之下，体内血球不知道要伤损多少，血压不知道要升高几许，总之是不卫生。而且血气沸腾之际，理智不大清醒，言行容易逾分，于人于己都不相宜。希腊哲学家哀皮克蒂特斯说：“计算一下你有多少天不曾生气。在从前，我每天生气；有时每隔一天生气一次；后来每隔三四天生气一次；如果你一连三十天没有生气，就应该向上帝献祭表示感谢。”减少生气的次数便是修养的结果。修养的方法，说起来好难。

另一位同属于斯多亚派的哲学家罗马的玛可斯？奥瑞利阿斯这样说：“你因为一个人的无耻而愤怒的时候，要这样的问你自己：‘那个无耻的人能不在这世界存在吗？那是不能的。不可能的事不必要求。’”坏人不是不需要制裁，只是我们不必愤怒。如果非愤怒不可，也要控制那愤怒，使发而中节。佛家把“嗔”列为三毒之一，“ 嗔心甚于猛火”，克服嗔恚是修持的基本功夫之一。燕丹子说：“血勇之人，怒而面赤；脉勇之人，怒而面青；骨勇之人，怒而面白；神勇之人，怒而色不变。”我想那神勇是从苦行修炼中得来的。生而喜怒不形于色，那天赋实在太厚了。

清朝初叶有一位李绂，著《穆堂类稿》，内有一篇《无怒轩记》，他说：“吾年逾四十，无涵养性情之学，无变化气质之功，因怒得过，旋悔旋犯，惧终于忿戾而已，因以‘无怒’名轩。”是一篇好文章，而其戒谨恐惧之情溢于言表，不失读书人的本色。

义愤

有一天我从马路上经过，看见壁上有一幅硕大无朋的宣传画，上面写着“我们要驱逐倭寇收回失地”，画的是一个倭兵，矮矮的身量，两腿如弓，身上全副披挂，脸上满是横肉，眼里冒着凶焰，嘴里露着獠齿，做狞笑状。他脚底下是一堆一堆的骷髅，他身背后是一摊一摊的瓦砾。他代表的是凶残、破坏、横暴、黑暗。这幅画的确画得不坏，因为它能活画出倭兵的一副穷凶极恶的气概。

过了几天，我又从这里经过，我又回过头望这幅壁画，情形稍微有点两样了：这画里的倭兵身上沾满了橘子瓤，脸上也都沾满了橘子瓤。这些橘子瓤一经沾上，是不易落下来的。我略略查看，橘子瓤的块数约在百八十以上，而且大多数都很准确地命中了，想见投掷的技术是很不坏的。

投橘子瓤的是些什么人呢？当然是我们的爱国民众。他们为什么要这样做呢？当然是因为激于义愤。他们看见这幅画里的倭兵，就想起真的倭兵来，于是义愤填膺，顿起杀贼之念，可巧四川的橘子既多且贱，可巧嘴里正嚼着一瓣橘子，于是忍无可忍，“呸”的一声将橘瓤吐在手里，“嗖”的一声掷将过去，“啪”的一声不偏不倚地命中了倭兵的身体。一个人这样做，许多人起来仿行。顷刻间倭兵遍体疮痍，而我所费者仅为本来要吐在地上的百八十块橘瓤而已。

平心而论，这些义愤之士都是可钦佩的。他们是有良心的，他们是爱国的。从前我游西湖，看见岳坟前有不少人围着秦桧的铁像小便，大家争先恐后地向他身上浇冲，有些挤不进的便在很远的地方吐送一口黏痰过去。这件事虽与公共卫生有碍，然而也是一种义愤的表示。这都证明人心未死。

不过，我常想，假如我们把这种义愤积蓄起来，假如我们不亟亟地把橘瓤作为宣泄义愤的工具，假如我们能用一个更有效的方法使敌人感受一些真实的打击，那不是更好吗？

听说普法战争后，法国的油画院中陈列着普兵屠害法人的画片，令法人有所警惕。这并非是“长他人的威风，灭自己的志气”，这是要锻炼、磨砺人民的复仇心。听说那些画片上并没有橘子瓤或黏痰之类。

我们要驱逐倭寇，收回失地。那幅壁画是提醒我们这种意志的。戏台上的曹操，我们杀他做啥子？

快乐

天下最快乐的事大概莫过于做皇帝。“首出庶物，万国咸宁。”至不济可以生杀予夺，为所欲为。至于后宫粉黛三千，御膳八珍罗列，更是不在话下。清乾隆皇帝，“称八旬之觞，镌十全之宝”，三下江南，附庸风雅。那副志得意满的神情，真是不能不令人兴起“大丈夫当如是也”的感喟。

在穷措大眼里，九五之尊，乐不可支。但是试起古今中外的皇帝于地下，问他们一生中是否全是快乐，答案恐怕相当复杂。西班牙国王拉曼三世（Abder Rahman Ⅲ，960）说过这么一段话：

我于胜利与和平之中统治全国约五十年，为臣民所爱戴，为敌人所畏惧，为盟友所尊敬。财富与荣誉，权力与享受，呼之即来，人世间的福祉，从不缺乏。在这情形之中，我曾勤加计算，我一生中纯粹的真正幸福日子，总共仅有十四天。

御宇五十年，仅得十四天真正幸福日子。我相信他的话。宸谟睿略，日理万机，很可能不如闲云野鹤之怡然自得。于此我又想起从一本英语教科书上读到一篇寓言。题目是《一个快乐人的衬衫》。某国王，端居大内，抑郁寡欢，虽极耳目声色之娱，而王终不乐。左右纷纷献计，有一位大臣言道：如果在国内找到一位快乐的人，把他的衬衫脱下来，给国王穿上，国王就会快乐。王韪其言，于是使者四出寻找快乐的人。访遍了朝廷显要，朱门豪家，人人都有心事，家家都有一本难念的经，都不快乐。最后找到一位农夫，他耕罢在树下乘凉，裸着上身，大汗淋漓。使者问他："你快乐吗？"农夫说："我自食其力，无忧无虑！快乐极了！"使者大喜，便索取他的衬衣。农夫说："哎呀！我没有衬衣。"这位农夫颇似我们的禅门之"一丝不挂"。

常言道，"境由心生"，又说"心本无生因境有"。总之，快乐是一种心理状态。内心湛然，则无往而不乐。吃饭睡觉，稀松平常之事，但是其中大有道理。大珠《顿悟入道要门论》："有源律师来问：'和尚修道，还用功否？'师曰：'用功。'曰：'如何用功？'师曰：'饥来吃饭，困来即眠。'曰：'一切人总如是，同师用功否？'师曰：'不同。'曰：'何故不同？'师曰：'他吃饭时不肯吃饭，百种须索，睡时不肯睡，千般计较。所以不同也。'律师杜口。"可是修行到心无挂碍，却不是容易事。

我认识一位唯心论的学者，平素昌言意志自由，忽然被人绑架，系于暗室十有余日，备受凌辱，释出后他对我说："意志自由固然不诬，但是如今我才知道身体自由更为重要。"常听人说烦恼即菩提，我们凡人遇到烦恼只是深感烦恼，不见菩提。

快乐是在心里，不假外求，求即往往不得，转为烦恼。叔本华的哲学是：

苦痛乃积极的实在的东西，幸福快乐乃消极的根本不存在的东西。所谓快乐幸福乃是解除苦痛之谓。没有苦痛便是幸福。再进一步看，没有苦痛在先，便没有幸福在后。梁任公先生曾说:“人生最快乐的事，莫过于看着一件工作的完成。”在工作过程之中，有苦恼也有快乐，等到大功告成，那一份“如愿以偿”的快乐便是至高无上的幸福了。

有时候，只要把心胸敞开，快乐也会逼人而来。这个世界，这个人生，有其丑恶的一面，也有其光明的一面。良辰美景，赏心乐事，随处皆是。智者乐水，仁者乐山。雨有雨的趣，晴有晴的妙，小鸟跳跃啄食，猫狗饱食酣睡，哪一样不令人看了觉得快乐?就是在路上，在商店里，在机关里，偶尔遇到一张笑容可掬的脸，能不令人快乐半天?有一回我住进医院里，僵卧了十几天，病愈出院，刚迈出大门，陡见日丽中天，阳光普照，照得我睁不开眼，又见市廛熙攘，光怪陆离，我不由得从心里欢叫起来:“好一个艳丽盛装的世界!”

“幸遇三杯酒美，况逢一朵花新?”我们应该快乐。

谈话的艺术

一个人在谈话中可以采取三种不同的方式，一种是独白，一是静听，一是互话。

谈话不是演说，更不是训话，所以一个人不可以霸占所有的时间，不可以长篇大论地絮聒不休，旁若无人。有些人大概是口部筋肉特别发达，一开口便不能自休，绝不容许别人插嘴，话如连珠，音容并茂。他进一件事能从盘古开天地讲起，慢慢地进入本题，亦能枝节横生，终于忘记本题是什么。这样霸道的谈话者，如果他言谈之中确有内容，所谓"吐佳言如锯木屑，霏霏不绝"亦不难觅取听众。在英国文人中，约翰逊博士是一个著名的例子。在咖啡店里，他一开口，老鼠都不敢叫。那个结结巴巴的高尔斯密一插嘴便触霉头。Sir Oracic 在说话，谁敢出声？约翰逊之所以被称为当时文艺界的独裁者，良有以也。学问风趣不及约翰逊者，必定是比较的语言无味，如果喋喋不已，如何令人耐得。

有人也许是以为嘴只管吃饭而不作别用，对人乃钳口结舌，一言不发。这样的人也是谈话中所不可或缺的，因为谈话，和演戏一样，是需要听众的，这样的人正是理想的听众。欧洲中古代的一个严肃的教派 carthusian monks 以不说话为苦修精进的法门之一，整年的不说一句话，实在不易。那究竟是方外人，另当别论，我们平常人中却也有人真能寡言。他效法金人之三缄其口，他的背上应有铭曰："今之慎言人也。"你对他讲话，他洗耳恭听，你问他一句话，他能用最经济的辞句把你打发掉。如果你恰好也是"毋多言，多言多败"的信仰者，相对不交一言，那便只好共听壁上挂钟之嘀嗒了。钟会之与嵇康，则由打铁的叮当声来破除两人间之岑寂。这样的人现代也有，相对无言，莫逆于心，吧嗒吧嗒地抽完一包香烟，兴尽而散。无论如何，老于世故的人总是劝人多听少说，以耳代口，凡是不大开口的人总是令人莫测高深；口边若无遮拦，则容易令人一眼望到底。

谈话，和作文一样，有主题，有腹稿，有层次，有头尾，不可语无伦次。写文章肯用心的人就不太多，谈话而知道剪裁的就更少了。写文章讲究开门见山，起笔最要紧，要来得挺拔而突兀，或是非常爽朗，总之要引人入胜，不同凡响。谈话亦然。开口便谈天气好坏，当然亦不失为一种寒暄之道，究竟缺乏风趣。常见有客来访，宾主落座，客人徐徐开言："您没有出门啊?"主人除了重申"我没有出门"这一事实之外没有法子再做其他的答话。谈公事，讲生意，只求其明白清楚，没有什么可说的。一般的谈话往往是属于"无题""偶成"之类，没有固定的题材，信手拈来，自有情致。情人们喁喁私语，总是有说不完的话题，谈到无可再谈，则"此时无声胜有声"了。老朋友们剪烛西窗，班荆道故，上下古今无不可谈，其间并无定则，只要对方不打哈欠。禅师们在谈吐间好逞机锋，不落迹象，那又是一种境界，不是我们凡夫俗子所能企望得到的。善谈和健谈不同。健谈者能使四座生春，但多少有点霸道，善谈者尽管舌灿莲花，但总还要给别人留些说话的机会。

话的内容总不能不牵涉到人，而所谓人，则不是别人便是自己。谈论别人则东家长西家短全成了上好的资料，专门隐恶扬善则内容枯燥听来乏味，揭人阴私则又有伤口德，这其间颇费斟酌。英文 gossip 一字原义是“教父母”，尤指教母，引申而为任何中年以上之妇女，再引申而为闲谈，再引申而为飞短流长，而为长舌妇，可见这种毛病由来有自，“造谣学校”之缘起亦在于是，而且是中外皆然。不过现在时代进步，这种现象已与年纪无关。谈话而专谈自己当然不会伤人，并且缺德之事经自己宴扬之后往往变成为值得夸耀之事。不过这又显得“我执”太深，而且最关心自己的事的人，往往只是自己。英文的“我”字，是大写字母的 I，有人已嫌其夸张，如果谈起话来每句话都用“我”字开头不更显着是自我本位了吗?

在技巧上，谈话也有些个禁忌。“话到口边留半句”，只是劝人慎言，却有人认真施行，真个的只说半句，其余半句要由你去揣摩，好像文法习题中的造句，半句话要由你去填充。有时候是光说前半句，要你猜后半句；有时候是光说后半句，要你想前半句。一段谈话中若是破碎的句子太多，在听的方面不加整理是难以理解的。费时费事，莫此为甚。我看在谈话时最好还是注意文法，多用完整的句子为宜。另一极端是，唯恐听者印象不深，每一句话重复一遍，这办法对于听者的忍耐力实在要求过奢。谈话的腔调与嗓音因人而异，有的如破锣，有的如公鸡，有的行腔使气有板有眼，有的回肠荡气如怨如诉，有的于每一句尾加上一串咯咯的笑，有的于说完一段话之后像鲸鱼一般喷一口大气，这一切都无关宏旨，要紧的是说话的声音之大小需要一点控制。一开口便血脉贲张，声震屋瓦，不久便要力竭声嘶，气急败坏，似可不必。另有一些人的谈话别有公式，把每句中的名词与动词一律用低音，甚至变成耳语，令听者颇为吃力。有些人唾腺特别发达，三言两句之后嘴角上便积有两摊如奶油状的泡沫，于发出重唇音的时候便不免星沫四溅，真像是痰唾珠玑。人与人相处，本来易生摩擦，谈话时也要保持距离，以策安全。

废话

常有客过访，我打开门，他第一句话便是："您没有出门?" 我当然没有出门，如果出门，现在如何能为你启门？那岂非是活见鬼？他说这句话也不是表讶异。人在家中乃寻常事，何惊诧之有？如果他预料我不在家才来造访，则事必有因，发现我竟在家，更应该不露声色，我想他说这句话，只是脱口而出，没有经过大脑，犹如两人见面不免说一句"今天天气……"之类的话，聊胜于两个人都绷着脸一声不吭而已。没有多少意义的话就是废话。

人不能不说话，不过废话可以少说一点。11世纪时罗马天主教会在法国有一派僧侣，专主苦修冥想，是圣·伯鲁诺所创立，名为Carthusians，盖因地而得名，他的基本修行方法是不说话，一年到头地不说话。每年只有到了将近年终的时候，特准交谈一段时间，结束的时刻一到，尽管一句话尚未说完，大家立刻闭起嘴巴。明年开禁的时候，两人谈话的第一句往往是"我们上次谈到……"一年说一次话，其间准备的时光不少，废话一定不多。

梁武帝时，达摩大师在嵩山少林寺，终日面壁，九年之久，当然也不会随便开口说话，这种苦修的功夫实在难能可贵。明莲池大师《竹窗随笔》有云：“世间酽醯醇醴，藏之弥久而弥美者，皆繇封锢牢密不泄气故。古人云：‘二十年不开口说话，向后佛也奈何你不得。’旨哉言乎！”一说话就怕要泄气，可是这一口气憋二十年不泄，真也不易。监狱里的重犯，常被判处独居一室，使无说话机会，是一种惩罚。畜生没有语言文字，但是也会发出不同的鸣声表示不同的情意。人而不让他说话，到了寂寞难堪的时候真想自言自语，甚至说几句废话也是好的。

可是有说话自由的时候，还是少说废话为宜。“群居终日，言不及义，难矣哉！”那便是废话太多的意思。现代的人好像喜欢开会，一开会就不免有人“致辞”，而致辞者常常是长篇大论，直说得口燥舌干，也不管听者是否恹恹欲睡欠伸连连。《孔子家语》：“庙堂右阶之前，有金人焉，三缄其口，而铭其背曰：‘古之慎言人也。’”能慎言，当然于慎言之外不会多说废话。三缄其口只是象征，若是真的三缄其口，怎么吃饭？

串门子闲聊天，已不是现代社会所允许的事，因为大家都忙，实在无暇闲磕牙。不过也有在闲聊的场合而还侈谈本行的正经事者，这种人也讨厌。最可怕的是不经预先约定而闯上门来的长舌妇或长舌男，他们可以把人家的私事当作座谈的资料。某人资产若干，月入多少，某人芳龄几何，美容几次，某人帷薄不修，某人似有外遇……说得津津有味，实则有伤口业的废话而已。

文也最忌废话。《朱子语类》里有两段文字：

“欧公文，亦多是修改到妙处。顷有人买得他醉翁亭稿。初说滁州四面有山，凡数十字，末后改定，只曰‘环滁皆山也’五字而已。如寻常不经思虑，信意所作言语，亦有绝不成文理者，不知如何。”

“南丰过荆襄，后山携所作以谒之。南丰一见爱之，因留款语，适欲作一文字，事多，因托后山为之，且授以意。后山文思亦涩，穷日之力方成，仅数百言，明日以呈南丰。南丰云：‘大略也好，只是冗字多，不知可分略删动否？’后山因请改窜。但见南丰就坐，取笔抹数处，每抹处连一两行，便以授后山，凡削去一二百字。后山读之，则其意尤完，因叹服，遂以为法，所以后山文字简洁如此。”

前一段说的是欧阳修的《醉翁亭记》。开端第一句“环滁皆山也”，不说废话，开门见山，是从数十字中删汰而来。后一段记的是陈后山为文数百言，由曾巩削去一二百个冗字，而文意更为完整无瑕。凡为文者皆须知道文字须要锻炼，简言之，就是少说废话。

骂人的艺术

古今中外没有一个不骂人的人。骂人就是有道德观念的意思，因为在骂人的时候，至少在骂人者自己总觉得那个有该骂的地方。何者该骂，何者不该骂，这个抉择的标准，是极道德的。所以根本不骂人，大可不必。骂人是一种发泄感情的方法，尤其是那一种怨怒的感情。想骂人的时候而不骂，时常在身体上弄出毛病，所以想骂人时，骂骂何妨？

但是，骂人是一种高深的学问，不是人人都可以随便试的。有因为骂人挨嘴巴的，有因为骂人吃官司的，有因为骂人反被人骂的，这都是不会骂人的缘故。今以研究所得，公诸同好，或可为骂人时之一助乎？

（一）知己知彼

骂人是和动手打架一样的，你如其敢打人一拳，你先要自己忖度一下，你吃得起别人的一拳否。这叫作知己知彼。骂人也是一样。譬如你骂他是“屈死”，你先要反省，自己和“屈死”有无分别。你骂别人荒唐，你自己想曾否吃喝嫖赌。否则别人回敬你一两句，你就受不了。所以别人若有某种短处，而足下也正有同病，那么你在骂他的时候，只得割爱。

（二）无骂不如己者

要骂人须要挑比你大一点的人物，比你漂亮一点的，或者比你坏得万倍而比你得势的人物，总之，你要骂人，那人无论在好的一方面或坏的一方面都要能胜过你，你才不吃亏。你骂大人物，就怕他不理你，他一回骂，你就算骂着了。因为身份相同的人才肯对骂。在坏的一方面胜过你的，你骂他就如教训一般，他即便回骂，一般人仍然不会理会他的。假如你骂一个无关痛痒的人，你越骂他他越得意，时常可以把一个无名小卒骂出名了，你看冤与不冤？

（三）适可而止

骂大人物骂到他回骂的时候，便不可再骂；再骂则一般人对你必无同情，以为你是无理取闹。骂小人物骂到他不能回骂的时候，便不可再骂；再骂下去一般人对你也必无同情，以为你是欺负弱者。

（四）旁敲侧击

他偷东西，你骂他是贼；他抢东西，你骂他是盗，这是笨伯。骂人必须先明虚实掩映之法，须要烘托旁衬，旁敲侧击，于紧要处只要一语便得，所谓杀人于咽喉处着刀。越要骂他你越要原谅他，即便说些恭维话亦不为过，这样骂法才能显得你所骂的句句是真实确凿，让旁人看起来也可见得你的度量。

（五）态度镇静

骂人最忌浮躁。一语不合，面红筋跳，暴躁如雷，此灌夫骂座，泼妇骂街之术，不足以言骂人。善骂者必须态度镇静，行若无事。普通一般骂人，谁的声音高便算谁占理，谁的来势猛便算谁骂赢，唯真善骂人者，乃能避其锋而击其懈。你等他骂得疲倦的时候，你只消轻轻地回敬他一句，让他再狂吼一阵。在他暴躁不堪的时候，你不妨对他冷笑几声，包管你不费气力，把他气得死去活来，骂得他针针见血。

(六)出言典雅

骂人要骂得微妙含蓄，你骂他一句要使他不甚觉得是骂，等到想过一遍才慢慢觉悟这句话不是好话，让他笑着的面孔由白而红，由红而紫，由紫而灰，这才是骂人的上乘。欲达到此种目的，深刻之用意固不可少，而典雅之言辞则尤为重要。言辞典雅可使听者不致刺耳。如要骂人骂得典雅，则首先要在骂时万万别提起女子身上的某一部分，万万不要涉入生理学的范围。骂人一骂到生理学范围以内，底下再有什么话都不好说了。

譬如你骂某甲，千万别提起他的令堂令妹。因为那样一来，便无是非可言，并且你自己也不免有令堂令妹，他若回敬起来，岂非势均力敌，半斤八两？再者骂人的时候最好不要加入以种种难堪的名词，称呼起来总要客气，即使他是极卑鄙的小人，你也不妨称他先生，越客气，越骂得有力量。骂的时节最好引用他自己的词句，这不但可以使得他难堪，还可以减轻他对你的骂的力量。俗话少用，因为俗话一览无遗，不若典雅古文曲折含蓄。

(七)以退为进

两人对骂，而自己亦有理屈之处，则于开骂伊始，特宜注意，最好是毅然将自己理屈之处完全承认下来，即使道歉认错均不妨事。先把自己理屈之处轻轻遮掩过去，然后你再重整旗鼓，咄咄逼人，方可无后顾之忧。即使自己没有理屈的地方，也绝不可自行夸张，务必要谦逊不遑，把自己的位置降到一个不可再降的位置，然后骂起人来，自有一种公正光明的态度。否则你骂他一两句，他便以你个人的事反唇相讥，一场对骂，会变成两人私下口角，是非曲直，无从判断。所以骂人者自己要低声下气，此所谓以退为进。

（八）预设埋伏

你把这句话骂过去，你便要想想看，他将用什么话骂回来。有眼光的骂人者，便处处留神，或是先将他要骂你的话替他说出来，或是预先安设埋伏，令他骂回来的话失去效力。他骂你的话，你替他说出来，这便等于缴了他的械一般。预先安设埋伏，便是在要攻击你的地方，你先轻轻地安下话根，然后他骂过来就等于枪弹打在沙包上，不能中伤。

（九）小题大做

如对手方有该骂之处，而题目甚小，不值一骂，或你所知不多，不足一骂，那时节你便可用小题大做的方法，来扩大目标。先用诚恳而怀疑的态度引申对方的意思，由不紧要之点引到大题目上去，处处用严谨的逻辑逼他说出不逻辑的话来，或是遇他说出合于逻辑而不合乎理的话来，然而你再大举骂他，骂到体无完肤为止，而原来惹动你骂的小题目，轻轻一提便了。

（十）远交近攻

一个时候，只能骂一个人，或一种人，或一派人，决不宜多树敌。

所以骂人的时候，万勿连累旁人，即使必须牵涉多人，你也要表示好意，否则回骂之声纷至沓来，使你无从应付。

骂人的艺术，一时所能想起的有上面十条，信手拈来，并无条理。我做此文的用意，是助人骂人，同时也是想把骂人的技术揭破一点，供爱骂人者参考。挨骂的人看看，骂人的心理原来是这样的，也算是揭破一张黑幕给你瞧瞧！

养成好习惯

人的天性大致是差不多的，但是在习惯方面却各有不同，习惯是慢慢养成的，在幼小的时候最容易养成，一旦养成之后，要想改变过来却还不很容易。

例如说：清晨早起是一个好习惯，这也要从小时候养成，很多人从小就贪睡懒觉，一遇假日便要睡到日上三竿还高卧不起，平时也是不肯早起，往往蓬首垢面地就往学校跑，结果还是迟到，这样的人长大了之后也常是不知振作，多半不能有什么成就。祖逖闻鸡起舞，那才是志士奋励的榜样。

我们中国人最重礼，因为礼是行为的轨范。礼要从家庭里做起。姑举一例：为子弟者“出必告，反必面”，这一点点对长辈的起码的礼，我们是否已经每日做到了呢？我看见有些个孩子们早晨起来对父母视若无睹，晚上回到家来如入无人之境，遇到长辈常常横眉冷目，不屑搭讪。这样的跋扈乖戾之气如果不早早地纠正过来，将来长大到社会服务，必将处处引起摩擦不受欢迎。我们不仅对长辈要恭敬有礼，对任何人都应维持相当的礼貌。

大声讲话,扰及他人的宁静,是一种不好的习惯。我们试自检讨一番,在别人读书工作的时候是否有过喧哗的行为?我们要随时随地为别人着想,维持公共的秩序,顾虑他人的利益,不可放纵自己,在公共场所人多的地方,要知道依次排队,不可争先恐后地去乱挤。

时间即是生命。我们的生命是一分一秒地在消耗着,我们平常不大觉得,细想起来实在值得警惕。我们每天有许多的零碎时间于不知不觉中浪费掉了。我们若能养成一种利用闲暇的习惯,一遇空闲,无论其为多么短暂,都利用之做一点有益身心之事,则积少成多终必有成。常听人讲过“消遣”二字,最是要不得,好像是时间太多无法打发的样子,其实人生短促极了,哪里会有多余的时间待人“消遣”?陆放翁有句云:“待饭未来还读书。”我知道有人就经常利用这“待饭未来”的时间读了不少的大书。古人所谓“三上之功”,枕上、马上、厕上,虽不足为训,其用意是在劝人不要浪费光阴。

吃苦耐劳是我们这个民族的标帜。古圣先贤总是教训我们要能过得俭朴的生活,所谓“一箪食,一瓢饮”,就是形容生活状态之极端的刻苦,所谓“嚼得菜根”,就是表示一个有志的人之能耐得清寒。恶衣恶食,不足为耻,丰衣足食,不足为荣,这在个人之修养上是应有的认识,罗马帝国盛时的一位皇帝,Marcus Aurelius,他从小就摒绝一切享受,从来不参观那当时风靡全国的赛车比武之类的娱乐,终其身成为一位严肃的苦修派的哲学家,而且也建立了不朽的事功。这是很值得钦佩的,我们中国是一个穷的国家，所以我们更应该体念艰难，弃绝一切奢侈，尤其是从外国来的奢侈。宜从小就养成俭朴的习惯，更要知道物力维艰，竹头木屑，皆宜爱惜。

以上数端不过是偶然拈来，好的习惯千头万绪，“勿以善小而不为”。习惯养成之后，便毫无勉强，临事心平气和，顺理成章。充满良好习惯的生活，才是合于“自然”的生活。

谈礼

礼不是一件可怕的东西，不会“吃人”。礼只是人的行为的规范。人人如果都自由行动，社会上的秩序必然要大乱，法律是维持秩序的一套方法，但是关于法律的力量不及的地方，为了使人能更像一个人，使人的生活更像是人的生活，礼便应运而生。礼是一套法则，可能有官方制定的成分在内，亦可能有世代沿袭的成分在内，在基本精神上还是约定俗成的性质，行之既久，便成为大家公认共守的一套规则。一套礼法也不是一成不变的，事实上是随时在变，不过可能变得很慢，可能赶不上时代变迁得那样快，因此至少在形式上可能有一部分变成不合时宜的东西。礼，除非是太不合理，总是比没有的好，这道理有一点像“坏政府胜于无政府”。有些人以为礼是陈腐有害的东西，这看法是不对的。

我们中国是礼仪之邦，一向是重礼法的。见于书本的古代的祭礼丧礼婚礼士相见礼等等，那是一套，事实上社会上流行的又是一套，现行的一套即是古礼之逐渐的各别的修正，虽然各地的情形不同，大礼上尚有规模存在，等到中西文化接触之后便比较有紊乱的现象了。紊乱尽管紊乱，礼还是有的，制礼定乐之事也许不是当前之急务，事实上吾人之生活中未曾一日无礼活动。问题是我们是否认真地严肃的遵循着礼。孔门哲学以“克己复礼”为做人的大道理。意即为吾人行事应处处约束自己使合于礼的规范。怎样才是非礼勿视，非礼勿言，非礼勿动，那是值得我们随时思考警惕的。

读书人应该知道礼，但是有些人偏不讲礼，即所谓名士。六朝时这种名士最多，《世说新语》载阮籍的一句话最有趣，“礼岂为我辈设也?”好像礼是专为俗人而设。又载这样的一段故事：

阮步兵丧母，裴令公往吊之。阮方醉，散发坐床，箕踞不哭，裴至，下席于地，哭唁毕，便去。或问裴曰：“凡吊，主人哭，客乃为礼，阮既不哭，何为哭?”裴曰：“阮方外之人，故不崇礼制，我辈俗中人，故以仪轨自居。”人叹为两得其中。

没有阮籍之才的人，还是以仪轨自居为宜。像阮步兵之流可以欣赏，不可以模仿。

中西礼节不同。大部分在基本原则上并无二致，小部分因各有传统亦不必强同。以中国人而用西方的礼，有时候觉得颇不合适，如必欲行西方之礼则应知其全部底蕴，不可徒效其皮毛而乱加使用。例如，握手乃西方之礼，但后生小子在长辈面前不可遽然伸手，因为长幼尊卑之序终不可废，中西一理。再例如，祭祖先是我们家庭传统所不可或缺的礼，其间绝无迷信或偶像崇拜之可言，只是表示“慎终追远”的意思，亦合于我国所谓之孝道，虽然是西礼之所无，然义不可废。我个人觉得，凡是我国之传统，无论其具有何种意义，苟非荒谬残酷，均应不轻予废置。再例如，电话礼貌，在西方甚为重视，访客之礼，探病之礼，均有不成文之法则，吾人亦均应妥为仿行，不可忽视。

礼是形式，但形式背后有重大的意义。

时间即生命

最令人怵目惊心的一件事，是看着钟表上的秒针一下一下地移动，每移动一下就是表示我们的寿命已经缩短了一部分。再看着墙上挂着的可以一张张撕下的日历，每天撕下一张就是表示我们的寿命又缩短了一天。因为时间即是生命。没有人不爱惜他的生命，但很少有人珍视他的时间。如果想在有生之年做一点什么事，学一点什么学问，充实自己，帮助别人，是生命成为有意义，不虚此生，那么就不可浪费光阴。这道理人人都懂，可很少人真能积极不懈地善于利用他的时间。

我自己是浪费了很多时间的一个人。我不打麻将，我也不经常地听戏看电影，几年中难得一次。我不长时间地看电视，通常只看半个小时。我也不串门子闲聊天。有人问我："那么你大部分时间都做了些什么呢?"我痛自反省，我发现，除了职务上的必须及人情上所不能免的活动之外，我的时间大部分都浪费了。我应该集中精力，读我所未读过的书。我应该利用所有时间，写我所要写的东西，但是我没能这样做。我的好多时间都稀里糊涂地混过去了，"少壮不努力，老大徒伤悲。"

例如我翻译莎士比亚，本来计划于课余之暇每年翻译两部，二十年即可完成，但是我用了三十年，主要的原因是懒。翻译之所以完成，主要是因为活得相当长久，十分惊险，翻译完成之后，虽然仍有工作计划，但体力渐衰，有力不从心之感。假使年轻的时候鞭策自己，如今当有较好或较多的表现，然而悔之晚矣。

再例如，作为一个中国人，经书不可不读，我年过三十才知道读书自修的重要，我披阅，我圈点，但是恒心不足，时做时辍。五十以学易，可以无大过矣，我如今年过八十，还没有接触过易经，说来惭愧。史书也很重要，我出国留学的时候，我父亲买了一套同文石印的前四史，塞满了我的行箧的一半空间，我在国外混了几年之后又把前四史原封带回来了，直到四十年后才鼓起勇气读了“通鉴”一遍。现在我要读的书太多了，深感时间有限。

无论做什么事，健康的身体是基本条件。我在学校读书的时候，有所谓的“强迫运动”，我踢破过几双球鞋，打断过几只球拍。因此侥幸维持下来最低限度的体力。老来打过几年太极拳，目前则是以散步活动筋骨而已。寄语年轻朋友，千万要持之以恒的从事运动，这不是嬉戏，不是浪费时间。健康的身体是做人做事的真正的本钱。

如烟花般璀璨，忘不了的美景雅事清欢

鹰的对话

山岩上，一只老鹰带着一群小鹰，咋咋地叫个不停。一位通鸟语的牧羊人恰好路经其地，听得老鹰是在教导小鹰如何猎食人肉。其谈话是一问一答，大略如下：

——“我的孩子们，你们将不再那么需要我的指导了，因为你们已经看到我的实际表演，从农庄抓家禽，在小树丛中抓小野兔，牧场上抓小羔羊。但是你们应还记得那更可口的美味，我常以人肉供你们大嚼。”

——“人肉当然是最好吃。你为什么不用你的爪子带回一个人到鹰巢里来呢?”

——“他的身体太大了。我们找到一个人的时候,只能撕下他一块肉，把骨头留在地上。”

——“人既如此之大，你又怎样杀死他的呢？你怕狼，你怕熊，你怎能有超过人的力量呢？人难道比一只羊还更可欺吗?”

——“我们没有人的力量，也没有人那样的狡诈。我们难得吃一回人肉，如果大自然没有注定把人送给我们来享受。人具有凶猛的性格，比任何动物都凶猛。两族人往往遭遇，呼声震天，火焰弥空。你们听到声音火光起自地上，赶快飞向前去，因为人类一定是正在互相残杀；你们会看见地面上血流成渠尸横遍野，许多尸骸都是肢体不全，很便于我们食用。”

——“人把对方杀死，为什么不吃掉他呢？一条狼杀死一只羊，他在饱啖羊肉以前不会准许兀鹰来触动它的。人不是另一种狼吗？”

——“人乃是唯一的一种动物，杀而不吃。这种特性使得他成了我们的大恩人。”

——“人把人肉送到我们跟前，我们就不费心力自己行猎了。”

——“人有时候很长久的安安静静的留在洞里。你们若是看到大堆人聚在一起，像一队鹳似的，你们可以断定他们是要行猎了，你们不久即可大餐人肉。”

——“但是我想知道他们互相残杀，其故安在。”

——“这是我们不能解答的一个问题了。我曾请教过一只老鹰，他年年饱餐人的脏腑，他的见解是，人只是表面上过动物生活，实则只是能动的植物。人爱莫名其妙的互相厮杀，一直到僵挺不动让鹰来啄。或以为这些恶作剧的东西大概是有点什么计划，紧紧团结在一起的人之中，好像有一个在发号施令，又好像是格外的以大屠杀为乐。他凭什么能这样的高高在上，我们不知道；他很少时候是最大的或跑得最快的一个，但是从他的热心与勤奋来看，他比别人对于兀鹰更为友善。”

这当然是一段寓言。作者是谁，恐怕不是我们所容易猜到的。是古代的一位寓言作家吗？当然不是。在古代，战争是光荣事业，领导战争的是英雄。是十八世纪讽刺文学大家绥夫特吗？有一点像，但是绥夫特的集子里没有这样的一篇。这段寓言的作者是我们所习知的约翰孙博士，是他所写的《闲谈》(The Idler) 第二十二期。《闲谈》是《世界纪事》周刊上的一个专栏，第二十二期刊于一七五八年九月九日。《闲谈》共有一百零四篇，于一七六一年及六七年两度刊有合订本，但是这第二十二期都被删去了。为什么约翰孙要删去这一篇，我们不知道，这一篇讽刺的意味是很深刻的。

好斗是人类的本能之一，但是有组织的战争不能算是本能，那是有计划的预谋的团体行动。兀鹰只知道吃人肉，不知道人类为什么要自相残杀。战争的起源是掠夺，掠夺食粮，掠夺土地，掠夺金钱，掠夺一切物资。所以战争不是光荣的事，是万物之灵的人类所做出的最蠢的事。除了抵抗侵略抵抗强权执干戈以卫社稷的不得已而推动的战争之外，一切战争都是该受诅咒的。大多数的人不愿意战争，只有那些思想和情绪不正常的邪恶的所谓领袖人物，才处心积虑地在一些好听的借口之下制造战争。约翰孙在合订本里删除了这一篇讽刺文章，也许是怕开罪于巨室吧？

一条野狗

野狗当道，有司捕杀之，吾无间然。

夜深人静，常听到犬吠之声盈耳，哀而且厉，随即寂然。我初以为是狗屠出来猎狩，收集香肉，供人大嚼。后来听说是市府派出来的专人收捕野狗。他们的猎具简单，一根棍子，顶端系上一个铅铁丝圈的活套，瞄准了套在狗颈上面，越拉越紧，狗便无法挣脱。提起狗来往停在路边的车子里一甩，凑足了十个八个，送往拘留场所，三日无人认领，则聚而歼之，无稍贷。对市民而言，这是德政。

从前我的居处楼上有人养狗，我从未见过这狗，不知其为雌雄、妍媸、胖瘦。但是狗准时狂吠，准在黎时的时候以极不悦耳的短促而连续的声音嗥叫，惊醒上下左右邻人的清睡。熟睡中被惊醒是很难受的。古人形容人民之安居乐业的现象之一是“狗不夜吠”(见《后汉书·循吏传》)。有一天菁清在电梯中遇到狗主人，说起这条狗，委婉的请求她能不能“无使尨也吠”。狗主人反问:“你搬来多久了?”菁清说:“将近一月。”狗主人说:“我在此地养这条狗将近三年了。”言外之意是，她和她的狗已经是资深的住户，一切早已定型，传统不容置疑。我闻之不禁叹息，有其人必有其狗。可是睦邻要紧，何况这狗不是野狗，所以这桩事只好列为百忍的项目之一，忍了两年，忽不闻犬吠，人犬俱杳，大概是搬走了。

历史重演，我现在住的地方又有一条狗半夜里汪汪地叫，不是在楼上，是在街上，原是一家店铺豢养的一只母狗，店铺关门，狗被遗弃，变成了野狗。它在附近餐馆偶然拾些残羹剩炙，苟全性命，但是瘦骨嶙峋，棕黑色的毛脱落了一半，同时不长满了虱。别看它这副腌脏相，在一群落魄的公狗的眼里，它还是眉清目秀的。果然，有一夜晚，一群野狗狺狺然骚动起来，争相追逐这只可怜的母狗。结果是不免。群狗哄散，不久这条狗就大腹膨亨了。大概狗在怀胎期间格外容易感觉到饿，所以它叫得格外凄厉。菁清和我时常外出就餐，偶然剩余的菜肴便大包小包的携带回家，菁清没有浪费的习惯，归途遇见这只母狗，菁清顺手打开包裹，投以肉骨之类。一只狗真正饥饿的时候，饥火中烧，忽然看见肉骨，饥火会从眼里直冒出来。它急急忙忙地大口吞嚼。咔嚓咔嚓之声可闻，还不时地左顾右盼，唯恐谁来夺食。吃完之后，还要舔地，好像是意犹未足。菁清索性以全部剩食投赠，它如风卷残云一般吃得一干二净。饿狗得食，那份满足的样子给人印象至深。此后我们就时常喂它，它好像认识我们了，见到我们就摇它的尾巴，这是它的礼貌。我们只是“随所见物，发慈悲心”(莲池大师语)，并不是对这只野狗有所偏爱。

有一天，楼下餐馆主人说，那只野狗利用他后门外的一角空地产下了五只小狗。菁清就劝店主喂养它们，店主也答应了，只是把三只小狗送人，留下两只。我们看了这两只，肥肥胖胖，满地打滚，一白色一棕色。天地之大德曰生，狗也在一切有情之内。现有母狗长得丰满了，皮毛也显著悦泽，母性焕发，怡然自得，再也不黎明狂吠扰人清梦了。我们为它庆幸，“得其所哉”！尤其是看它喂奶给小狗吃的那副舒坦的样子，令人兴起愉悦之感。

忽然有一天餐馆主人告诉我们，那条狗被抓走了！我们立刻就想到捕狗人员用铁圈套狗的样子，不免戚然。问店主要不要去认领，他摇摇头。“那两只小狗怎么办呢?”他说:“我们会喂它。”说着说着那两只小狗跑过来了，依然欢蹦乱跳，满地打滚，不晓得覆巢之下岂有完卵！？我知道那条狗还可以苟延残喘三天，这三天中，我不时地想到了它。三天过后，万事皆空，它的影子仍然不时地浮现在我心里。这条狗并不美，比起什么狮子狗、狐狸狗、哈巴狗、牧羊狗、大丹狗、香肠狗、牛头狗……都差得远。我没有抚摸过它，只是偶有一饭之恩。奈何三日已过而仍萦绕我的心怀？我的心怀已经是满满的，不能再容纳一只无家可归惨遭捕杀的野狗。我想唯一的释怀的方法是把这一桩事写出来，也许写出来之后心里就会觉得释然。试试看。

骆驼

台北没有什么好去处。我从前常喜欢到动物园走动走动，其中两个地方对我有诱惑。一个是一家茶馆，有高屋建瓴之势，凭窗远眺，一片油绿的田畴，小川蜿蜒其间，颇可使人目旷神怡。另一值得看的便是那一只骆驼了。

有人喜欢看猴子，看那些乖巧伶俐的动物，略具人形，而生活究竟简陋，于是令人不由自主地生出优越之感，掏一把花生米掷进去。有人喜欢看狮子跳火圈，狗作算学，老虎翻跟头，觉得有趣。我之看骆驼则是另外一种心情，骆驼扮演的是悲剧的角色。它的槛外是冷清清的，没有游人围绕，所谓槛也只是一根杉木横着拦在门口。地上是烂糟糟的泥。它卧在那儿，老远一看，真像是大块的毛姜。逼近一看，可真吓人！一块块的毛都在脱落，斑驳的皮肤上隐隐地露着血迹。嘴张着，下巴垂着，有上气无下气地在喘。水汪汪的两只大眼睛好像是眼泪扑簌地盼望着能见亲人一面似的。腰间的肋骨历历可数，颈子又细又长，尾巴像一根破扫帚。驼峰只剩下了干皮，像是一只麻袋搭在背上。骆驼为什么落到这种悲惨地步呢？难道“沙漠之舟”的雄姿即不过如此吗？

我心目中的骆驼不是这样的。儿时在家乡，一听见大铜铃叮叮当当响，就知道送煤的骆驼队来了，往往夺门出视。一根细绳系着好几只骆驼，有时是十只九只的，一顺地立在路边。满脸煤污的煤商一声吆喝，骆驼便乖乖地跪下来让人卸货。嘴角往往流着白沫，口里不住地嚼——反刍。有时还跟着一只小骆驼，几乎用跑步在后面追随着。面对这样庞大而温顺的驮兽，我们不能不惊异地欣赏。

但亚热带的气候不适宜骆驼居住，动物园的那两只骆驼不久就不见了，标本室也没有空间容纳它们。我从此也不大常去动物园了。我常想：公文书里罢黜一个人的时候常用“人地不宜”四字，总算是一个比较体面的下台的借口。这骆驼之黯然消逝，也许就是类似“人地不宜”之故吧？生长在北方大地上的巨兽，如何能局促在这样的小小圈子里，如何能耐得住这炎方的郁蒸？它们当然要憔悴，要悒悒，要委顿以死。我想它们看着身上的毛一块块地脱落，真的要变成“有板没毛”的状态，蕉风椰雨，晨夕对泣，心里多么凄凉！真不知是什么人恶作剧，把它们运到此间，使得它们尝受这一段酸辛，使得我们也兴起“人何以堪”的感叹！

其实，骆驼不仅是在这炎蒸之地难以生存，就是在北方大陆，其命运也是在日趋衰微。在运输事业机械化的时代，谁还肯牵着一串串骆驼招摇过市？沙漠地带该是骆驼的用武之地了，但听说现在沙漠里有现代的交通工具。骆驼是驯兽，自己不复能在野外繁殖谋生。等到为人类服务的机会完全消失的时候，我不知道它如何繁衍下去。最悲惨的是，大家都讥笑它是兽类中最蠢的当中的一个；因为它只会消极忍耐。给它背上驮五百磅的重载，它后跪下来承受。它肯食用大多数哺乳动物所拒绝食用的荆棘苦草，它肯饮用带盐味的脏水。它奔走三天三夜可以不喝水，这并不是因为它的肚子里储藏着水，而是因为它体内的脂肪氧化可以制造出水。它的驼峰据说是美味，我虽未尝过，可是想象熊掌的味道，大概也不过尔尔。像这样的动物若是从地面上消逝，可能不至于引起多少人的惋惜。尤其是在如今这个世界，大家最喜欢豢养的乃是善伺人意的哈巴狗。像骆驼这样的"任重而道远"的家伙，恐怕只好由它一声不响从这世界舞台上退下去吧！

小花

小花子本是野猫，经菁清留养在房门口处，起先是供给一点食物一点水，后来给他一只大纸箱作为他的窝，放在楼梯拐角处，终乃给他买了一只孩子用的鹅绒被袋作为铺垫，而且给他设了一个沙盆逐日换除洒扫。从此小花子就在我们门前定居，不再到处晃荡，活像“鸿鸾禧”里的叫花子，喝完豆汁儿之后甩甩袖子连呼：“我是不走的了啊，我是不走的了啊！”

彼此相安，没有多久。

有一天我回家看见菁清抱着小花子在房间里踱来踱去，我惊问：“他怎么登堂入室了？”我们本来约定不许他越雷池一步的。

“外面风大，冷，你不是说过猫怕冷吗？”

我是说过，猫是怕冷。结果让他在室内暖和了一阵，仍然送到户外。看着他在寒风里缩成一团偎在纸箱里，我心里也有些不忍。

再过些时，有一天小花子不见了，整天都没回来就食，不知他云游何处去了。一天两天过去，杳无消息。他虽是野猫，我们对他不只有一饭之恩，当然甚是牵挂。每天打开门看看，猫去箱空，辄为黯然。

忽然有一天他回来了。浑身泥污，而且沾有血迹。他的嘴里挂着血淋淋的一块肉似的东西，像是碎裂的牙肉。菁清赶快把他抱起，洗刷一下，在身上有血迹处涂了紫药水，发现他的两颗虎牙没有了，满嘴是血。我们不知他遭遇了什么灾难，落得如此狼狈。菁清取出一个竹笼，把他装了进去，骑车直奔国际猫狗专科病院辜仲良（泰堂）先生处。辜大夫说，他的牙被人敲断了，大量出血，被人塞进几团药棉花，他在身上乱舔所以到处有血迹。于是给他打针防破伤风，注射消炎剂，清洗口腔，取出药棉花，涂药。菁清抱他回来，说："看他这个样子，今天不要教他在门外睡了吧。"我还有什么话说。于是小花进了家门，睡在属于黑猫公主的笼子里。黑猫公主关在楼上寝室里。三猫隔离，各不相扰。这是临时处置，我心想过一两天还是要放小花子到门外去的。

但是没想到第二天菁清又有了新发现，她告我说，在她掰开猫嘴涂药时发觉猫的舌头短了一大截，舌尖不见了。大概是牙被敲断时，被人顺手把舌头也剪断了。菁清要我看，我不敢看。我不知道他犯了什么大过，受此酷刑。我这才明白为什么每次喂他吃鱼总是吃得盘里盘外狼藉不堪，原来他既无门牙又缺半截舌头。世界上是有厌猫的人。据说，拿破仑就厌恶猫，"在某次战役中，有个侍从走过拿破仑的卧房时，突然听到这位法国皇帝在呼救。他打开房门一看，拿破仑的衣服才穿到一半，满头大汗，用剑猛刺绣帷，原来他是在追杀一只小猫。"美国的艾森豪总统也恨猫，"在盖次堡家中的电视机旁，备有一支鸟枪打击乌鸦。此外他还下令，周遭若出现任何猫，格杀勿论。”英文里有一个专门名词，称厌恶猫者为ailurophobe。我想我们的小花子一定是在外游荡时遇到了一位厌猫者，敲掉门牙剪断舌头还算是便宜了他。

菁清说，这猫太可怜，并且历数他的本质不恶，天性很乖，体态轻盈，毛又细软，但是她就没有明白表示要长期收养他的意思。我也没有明白表示我要改变不许他进门的初衷。事实逐步演变他已成了我们家庭的一员。菁清奉献刷毛挖耳剪指甲全套服务，还不时地把他抱在怀里亲了又亲。我每星期上市买鱼也由七斤变为十斤。煮鱼摘刺喂食的时候，也由准备两盘改为三盘。

“米已熟了，只欠一筛。”最后菁清画龙点睛似的提出了一个话题。“这猫已不像是一只野猫了，似不可再把他当作街头浪子，也不再是小叫花子，我们把‘小花子’的名字里的‘子’字取消，就叫他‘小花’吧。”

我说“好吧”。从此名正言顺，小花子成了小花。我担心的是以后是否还有二花三花闻风而至。

猫的故事

猫很乖，喜欢偎傍着人；有时候又爱蹭人的腿，闻人的脚。唯有冬尽春来的时候，猫叫春的声音颇不悦耳。呜呜的一声一声的吼，然后突然的哇咬之声大作，稀里哗啦的，铿天地而动神祠。这时候你休想安睡。所以有人不惜昏夜起床持大竹竿而追逐之。祖传有一位和尚作过这样的一首诗！“猫叫春来猫叫春，听他愈叫愈精神。老僧亦有猫儿意，不敢人前叫一声。”这位师父富同情心，想来不至于抡大竹竿子去赶猫。

我的家在北平的一个深巷里。有一天，冬夜荒寒，卖水萝卜的，卖硬面饽饽的，都过去了，除了值更的梆子遥远的响声可以说是万籁俱寂。这时候屋瓦上嗥的一声猫叫了起来，时而如怨如诉，时而如诟如詈，然后一阵跳踉,窜到另外一间房上去了,往返跳跃,搅得一家不安。如是者数日。

北平的窗子是糊纸的，窗棂不宽不窄正好容一只猫儿出入，只消他用爪一划即可通往无阻。在春暖时节，有一夜，我在睡梦中好像听到小院书房的窗纸响，第二天发现窗棂上果然撕破了一个洞，显然的是有野猫钻了进去。大概是饿极了，进去捉老鼠。我把窗纸补好，不料第二天猫又来，仍从原处出入，这就使我有些不耐烦，一之已甚岂可再乎？第三天又发生同样情形，而且把书桌书架都弄得凌乱不堪，书桌上印了无数的梅花印，我按捺不住了。我家的厨师是一个足智多谋的人，除了调和鼎鼐之外还贯通不少的左道旁门，他因为厨房里的肉常常被猫拖拉到灶下，鱼常被猫叼着上了墙头，怀恨于心，于是殚智竭力，发明了一个简单而有效的捕猫方法。他用铁丝一根，在窗棂上猫经常出入之处钉一个铁钉，铁丝一端系牢在铁钉之上，另一端在铁丝上做一活扣，使铁丝作圆箍形，把圆箍伸缩到适度放在窗棂上，便诸事完备，静待活捉。猫窜进屋的时候前腿伸入之后身躯势必触到铁丝圆箍，于是正好套在身上，活生生悬在半空，愈挣扎则圆箍愈紧。厨师看我为猫所苦无计可施，遂自告奋勇为我在书房窗上装置了这么一个机关。我对他起初并无信心，姑妄从之。但是当天夜里居然有了动静，早晨起来一看，一只瘦猫奄奄一息地赫然挂在那里！

厨师对于捉到的猫向来执法如山，不稍宽假，我看了猫的那副可怜相直为她缓颊。结果是从轻发落予以开释，但是厨师坚持不能不稍予膺惩，即在猫身上用原来的铁丝系上一只空罐头，开启街门放她一条生路。只见猫一溜烟似的稀里哗啦地拖着罐头绝尘而去，像是新婚夫妻的汽车之离教堂去度蜜月。跑得愈快，罐头响声愈大，猫受惊乃跑得更快，惊动了好几条野狗跟在后面追赶，黄尘滚滚，一瞬间出了巷口往北而去。她以后的遭遇如何我不知道，我心想她吃了这个苦头以后绝对不会再光顾我的书房。窗户纸重新糊好，我准备高枕而眠。

当天夜里，听见铁罐响，起初是在后院砖地上哗啷哗啷地响，随后像是有东西提着铁罐猱升胯院的枣树，终乃在我的屋瓦上作响。屋瓦是一垅一垅的，中有小沟，所以铁罐越过瓦垅的声音是咯噔咯噔的清晰可辨。我打了一个冷战：难道是那只猫的阴魂不散？她拖着铁罐子跑了一大，藏躲在什么地方，终于夤夜又复光临寒舍，我家究竟有什么东西值得使她这样的念念不忘？

哗啷一声，铁罐坠地，显然的是铁丝断了。几乎同时，噗的一声，猫顺着我窗前的丁香树也落了地。她低声地呻吟了一声，好像是初释重负后的一声叹息。随后我的书房窗纸又撕破了——历史重演。

这一回我下了决心，我如果再度把她活捉，要用重典，不是系一个铁罐就能了事。我先到书房里去查看现场，情况有一些异样，大书架接近顶棚最高的一格有几本书撒落在地上。倾耳细听，书架上有呼噜呼噜的声音。怎么猫找到了这个地方来酣睡？我搬了高凳爬上去窥视，吓我一大跳，原来是那只瘦猫拥着四只小猫在喂奶！

四只小猫是黑白花的，咕咕隆隆地在猫的怀里乱挤，好像眼睛还没有睁开，显然是出生不久。在车船上遇到有妇人生产，照例被视为喜事，母子好像都可以享受好多的优待。我的书房里如今喜事候门，而且一胎四个，原来的一腔怒火消去了不少。天地之大德曰生，这道理本该普及于一切有情。猫为了她的四只小猫，不顾一切地冒着危险回来喂奶，伟大的母爱实在是无以复加！

猫的秘密被我发现，感觉安全受了威胁，一夜的工夫她把四只小猫都叼离书房，不知运到什么地方去了。

忆青岛

“上有天堂，下有苏杭。”天堂我尚未去过。《启示录》所描写的“从天上上帝那里降下来的圣城耶路撒冷，那城充满着上帝的荣光，闪烁像碧玉宝石，光洁像水晶”。城墙是碧玉造的，城门是珍珠造的，街道是纯金的。珠光宝气，未能免俗。真不想去。新的耶路撒冷是这样的，天堂本身如何，可想而知。至于苏杭，余生也晚，没赶上当年的旖旎风光。我知道苏州有一个顽石点头的地方，有亭台楼阁之胜，网师渔隐，拙政灌园，均足令人向往。可是想到一条河里同时有人淘米洗锅刷马桶，不禁胆寒。杭州是白傅留诗苏公判牍的地方，荷花十里，桂子三秋，曾经一度被人当作汴州。如今只见红男绿女游人如织，谁有心情看浓妆淡抹的山色空蒙。所以苏杭对我也没有多少号召力。

我曾梦想，如果有朝一日，可以安然退休，总要找一个比较舒适安逸的地点去居住。我不是不知道随遇而安的道理。

树下一卷诗，

一壶酒，一条面包——

荒漠中还有你在我身边歌唱——

啊，荒漠也就是天堂！

这只是说说罢了。荒漠不可能长久地变成天堂。我不存幻想，只想寻找一个比较能长久的居之安的所在。我是北平人，从不以北平为理想的地方。北平从繁华而破落，从高雅而庸俗、而恶劣，几经沧桑，早已无复旧观。我虽然足迹不广，但北自辽东，南至百粤，也走过了十几省，窃以为真正令人流连不忍去的地方应推青岛。

青岛位于东海之滨，在胶州湾之入口处，背山面海，形势天成。光绪二十三年（一八九七）德国强租胶州湾，辟青岛为市场，大事建设。直到如今，青岛的外貌仍有德国人的痕迹。例如房屋建筑，屋顶一律使用红瓦片，山坡起伏绿树葱茏之间，红绿掩映，饶有情趣。民国三年青岛又被日本夺占，民国十一年才得收回。尔后虽然被几个军阀盘踞，表面上没有遭到什么破坏。当初建设的根柢牢固,就是要糟蹋一时也糟蹋不了。青岛的整齐清洁的市容一直维持了下来。我想在全国各都市里，青岛是最干净的一个。“无风三尺土，有雨一街泥”的北平不能比。

青岛的天气属于大陆气候，但是有海湾的潮流调剂，四季的变化相当温和。称得上是“春有百花秋有月，夏有凉风冬有雪”的好地方。冬天也有过雪，但是很少见，屋里面无须升火不会结冰。夏天的凉风习习，秋季的天高气爽，都是令人喜的，而春季的百花齐放，更是美不胜收。樱花我并不喜欢，虽然第一公园里整条街的两边都是樱花树，繁花如簇，一片花海,游人摩肩接踵,蜜蜂嗡嗡之声震耳,可是花没有香气,没有姿态。

樱花是日本的国花，日本和我们有血海深仇，花树无辜，但是我不能不连带着对它有几分憎恶！我喜欢的是公园里培养的那一大片娇艳欲滴的西府海棠。杜甫诗里没有提起过它，历代诗人词人歌咏赞叹它的不在少数。上清宫的牡丹高与檐齐，别处没有见过，山野有此丽质，没有人嫌它有富贵气。

推开北窗，有一层层的青山在望。不远的一个小丘有一座楼阁矗立，像堡垒似的，有俯瞰全市傲视群山之势，人称总督府，是从前德国总督的官邸，平民是不敢近的，青岛收回之后作为冠盖往来的饮宴之地，平民还是不能进去的（听说后来有时候也偶尔开放）。里面是什么样子我不知道，也不想知道。还有人说里面闹鬼。反正这座建筑物，尽管相当雄伟，不给人以愉快的印象，因为它带给我们耻辱的回忆。其实青岛本身没有高山峻岭，邻近的劳山，亦作崂山，又称牢山，却是峻峥巉险，为海滨一大名胜。读《聊斋志异》劳山道士，早已心向往之，以为至少那是一些奇人异士栖息之所。由青岛驱车至九水，就是山麓，清流汩汩，到此尘虑全消。舍车扶策步行上山，仰视峰嶝，但见参嵯翳日，大块的青石陡峭如削，绝似山水画中之大斧劈的皴法，而且牛山濯濯，没有什么迎客松五老松之类的点缀，所以显得十分荒野。有人说这样的名山而没有古迹岂不可惜，我说请看随便哪一块巍巍的巨岩不是大自然千百万年锤炼而成，怎能说没有古迹？几小时的登陟，到了黑龙潭观瀑亭，已经疲不能兴。其他胜境如清风岭碧落岩，则只好留俟异日。游山逛水，非徒乘兴，也须有济胜之具才成。

青岛之美不在山而在水。汇泉的海滩宽广而水浅，坡度缓，作为浴场据说是东亚第一。每当夏季，游客蜂拥而至，一个个一双双的玉体横陈，在阳光下干晒，晒得两面焦，扑通一声下水，冲凉了再晒。其中有佳丽，也有老丑。玩得最尽兴的莫过于夫妻俩携带着小儿女阖第光临。小孩子携带着小铲子小耙子小水桶，在沙滩上玩沙土，好像没个够。在这万头攒动的沙滩上玩腻了，缓步踱到水族馆，水族固有可观，更妙的是下面岩石缝里有潮水冲积的小水坑，其中小动物很多。如寄生蟹，英文叫 hermitcrab，顶着螺蛳壳乱跑，煞是好玩。又如小型水母，像一把伞似的一张一阖，全身透明。孩子们利用他们的小工具可以罗掘一小桶，带回家去倒在玻璃缸里玩，比大人玩热带鱼还兴致高。如果还有余勇可买，不妨到栈桥上走一遭。桥尽头处有一个八角亭，额曰回澜阁。在那里观壮阔之波澜，当大王之雄风，也是一大快事。

汇泉在冬天是被遗弃的，却也别有风致。在一个隆冬里，我有一回偕友在汇泉闲步，在沙滩上走着走着累了，便倒在沙上晒太阳，和风吹着我们的脸。整个沙滩属于我们，没有旁人，最后来了一个老人向我们兜售他举着的冰糖葫芦。我们在近处一家餐厅用膳，还喝了两杯古拉索(柑香酒)。尽一日欢，永不能忘。

汇泉冬夜涨潮时，潮水冲上沙滩又急遽的消退，轰隆呜咽，往复不已。我有一个朋友赁居汇泉尽头，出户不数步就是沙滩，夜闻涛声不能入眠，匆匆移去。我想他也许没有想到，那就是观音说教的海潮音，乃觌面失之。

说来惭愧，“饮食之人”无论到了什么地方总是不能忘情口腹之欲。

青岛好吃的东西很多。牛肉最好，销行国内外。德国人佛劳塞尔在中山路开一餐馆，所制牛排我认为是国内第一。厚厚大大的一块牛排，煎得外焦里嫩，切开之后里面微有血丝。牛排上面覆以一枚嫩嫩的荷包蛋，外加几根炸番薯。这样的一分牛排，要两元钱，佐以生啤酒一大杯，依稀可以领略樊哙饮酒切肉之豪兴。内行人说，食牛肉要在星期三四，因为周末屠宰，牛肉筋脉尚生硬，冷藏数日则软硬恰到好处。佛劳塞尔店主善饮，我在一餐之间看他在酒桶之前走来走去，每经酒桶即取饮一杯，不下七八杯之数，无怪他大腹便便，如酒桶然。这是五十年前旧话，如今这个餐馆原址闻已变成邮局，佛劳塞尔如果尚在人间当在百龄以上。

青岛的海鲜也很齐备。像蚶、蛤、牡蛎、虾、蟹以及各种鱼类应有尽有。西施舌不但味鲜，名字也起得妙，不过一定要不惜工本，除去不大雅观的部分，专取其洁白细嫩的一块小肉，加以烹制，才无负于其美名，否则就近于唐突西施了。以清汤汆煮为上，不宜油煎爆炒。顺兴楼最善烹制此味，远在闽浙一带的餐馆以上。我曾在大雅沟菜市场以六元市得鲥鱼一尾，长二尺半有奇，小口细鳞，似才出水不久，归而斩成几段，阖家饱食数餐，其味之腴美，从未曾有。菜蔬方面隽品亦多。蒲菜是自古以来的美味，诗经所说“其蔌维何，维笋及蒲”，蒲的嫩芽极细致清脆。青岛的蒲菜好像特别粗壮，以做羹汤最为爽口。再就是附近潍县的大葱，粗壮如甘蔗，细嫩多汁。一日，有客从远道来，止于寒舍，唯索烙饼大葱，他非所欲。乃如命以大葱进，切成段段，如甘蔗状，堆满大大一盘。客食之尽，谓乃平生未有之满足。青岛一带的白菜远销上海，短粗肥壮而质地细嫩。一般人称之为山东白菜。古人所称道的“春韭秋菘”，菘就是这大白菜。白菜各地皆有，种类不一，以山东白菜为最佳。

青岛不产水果，但是山东半岛许多名产以青岛为集散地。例如莱阳梨。此梨产在莱阳的五龙河畔，因沙地肥沃，故品质特佳。外表不好看。皮又粗糙，但其细嫩酥脆甜而多浆，绝无渣滓，美得令人难以相信。大的每个重十台两以上。再如肥城桃，皮破则汁流，真正是所谓水蜜桃，海内无其匹，吃一个抵得半饱。今之人多喜怀乡，动辄曰吾乡之梨如何，吾乡之桃如何，其夸张心理可以理解。但如食之以莱阳梨、肥城桃，两相比较，恐将哑然失笑。他如烟台之香蕉苹果玫瑰葡萄，也是青岛市面上常见的上品。

一般山东人的特性是外表倔强豪迈，内心敦厚温和。宦场中人，大部分肉食者鄙，各地皆然，固无足论。观风问俗，宜对庶民着眼。青岛民风淳厚，每于细民中见之。我初到青岛，看到人力车夫从不计较车资，乘客下车一律付与一角，路程远则付二角，无争论者。这是全国所没有的现象。有人说这是德国人留下的无形的制度，无论如何这种作风能维持很久便是难能可贵。青岛市面上绝少讨价还价的恶习。虽然小事一端，代表意义很大。无怪乎有人感叹，齐鲁本是圣人之邦，青岛焉能不绍其余绪?

我家里请了一位厨司老张，他是一位异人。他的手艺不错，蒸馒头，烧牛尾，都很擅长。每晚膳事完毕，沐浴更衣外出，夜深始返。我看他面色苍白削瘦，疑其吸毒涉赌。我每日给他菜钱二元，有时候他只飨我以白菜豆腐之类，勉强可以果腹而已。我问他何以至此，他惨笑不答。过几天忽然大鱼大肉罗列满桌，俨若筵席，我又问其所以，他仍微笑不语。我懂了，一定是昨晚赌场大赢。几番钉问之后，他最后迸出这样的一句：“这就是一点良心！”

我赁屋于鱼山路七号，房主王君乃铁路局职员，以其薄薪多年积蓄成此小筑。我于租满前三个月退租离去，仍依约付足全年租赁，王君坚不肯收，争执不已，声达户外。有人叹曰：“此君子国也。”

我在青岛居住四年，往事如烟。如今隔了半个世纪，人事全非，山川有异。悬想可以久居之地，乃成为缥缈之乡！噫！

唐人来自何处

我二十二岁清华学校毕业，是年夏，全班数十同学搭乘杰克孙总统号由沪出发，于九月一日抵达美国西雅图。登陆后，暂息于青年会宿舍，一大部分立即乘火车东行，只有极少数的同学留下另行候车：预备到科罗拉多泉的有王国华、赵敏恒、陈肇彰、盛斯民和我几个人。赵敏恒和我被派在一间寝室里休息。寝室里有一张大床，但是光溜溜的没有被褥，我们二人就在床上闷坐，离乡背井，心里很是酸楚。时已夜晚，寒气袭人。突然间孙清波冲入室内，大声地说："我方才到街上走了一趟，我发现满街上全是黄发碧眼的人，没有一个黄脸的中国人了！"

赵敏恒听了之后，哀从中来，哇的一声大哭，趴在床上抽噎。孙清波回头就走。我看了赵敏恒哭的样子，也觉得有一股凄凉之感。二十几岁的人，不算是小孩子，但是初到异乡异地，那份感受是够刺激的。午夜过后，有人喊我们出发去搭火汽，在车站看见黑人车侍提着煤油灯摇摇晃晃地喊着："全都上车啊！全都上车啊！"

车过夏安，那是怀欧明州的都会，四通八达，算是一大站。从此换车南下便直达丹佛和科罗拉多泉了。我们在国内受到过警告，在美国火车上不可到餐车上用膳，因为价钱很贵，动辄数元，最好是沿站购买零食或下车小吃。在夏安要停留很久，我们就相偕下车，遥见小馆便去推门而入。我们选了一个桌子坐下，侍者送过菜单，我们检价廉的菜色各自点了一份。在等饭的时候，偷眼看过去，见柜台后面坐着一位老者，黄脸黑发，像是中国人，又像是日本人，他不理我们，我们也不理他。

我们刚吃过了饭,那位老者踱过来了。他从耳朵上取下半截长的一支铅笔，在一张报纸的边上写道:“唐人自何处来?”果然，他是中国人，而且他也看出我们是中国人。他一定是广东台山来的老华侨。显然他不会说国语，大概是也不肯说英语，所以开始和我们书谈。我接过了铅笔，写道:“自中国来。”他的眼睛瞪大了，而且脸上泛起一丝笑容。他继续写道:“来此何为?”我写道:“读书。”这下子，他眼睛瞪得更大了，他收敛起笑容，严肃地向我们翘起了他的大拇指，然后他又踱回到柜台后面他的座位上。我们到柜台边去付账。他摇摇头、摆摆手，好像是不肯收费，他说了一句话好像是:“统统是唐人呀!”

我们称谢之后刚要出门，他又喂喂地把我们喊住，从柜台下面拿出一把雪茄烟，送我们每人一支。

我回到车上，点燃了那支雪茄。在吞烟吐雾之中，我心里纳闷，这位老者为什么不收餐费？为什么奉送雪茄？大概他在夏安开个小餐馆，很久没看到中国人，很久没看到一群中国青年，更很久没看到来读书的中国青年人。我们的出现点燃了他的同胞之爱。事隔数十年，我不能忘记和我们做简短笔谈的那位唐人。

北平的冬天

我是在北平长大的。北平冬天好冷。过中秋不久，家里就忙着过冬的准备，做“冬防”。阴历十月初一屋里就要生火，煤球、硬煤、柴火都要早早打点。摇煤球是一件大事，一串骆驼驮着一袋袋的煤末子到家门口，煤黑子把煤末子背进门，倒在东院里，堆成好高的一大堆。然后等着大晴天，三五个煤黑子带着筛子、耙子、铲子、两爪钩子就来了，头上包块布，腰间褡布上插一根短粗的旱烟袋。煤黑子摇煤球的那一套手艺真不含糊。煤末子摊在地上，中间做个坑，好倒水，再加预先备好的黄土，两个大汉就搅拌起来。搅拌好了就把烂泥一般的煤末子平铺在空地上，做成一大块蛋糕似的，用铲子拍得平平的，光溜溜的，约一丈见方。这时节煤黑子已经满身大汗，脸上一条条黑汗水淌了下来，该坐下休息抽烟了。休息毕，煤末子稍稍干凝，便用铲子在上面横切竖切，切成小方块，像厨师切菜切萝卜一般手法伶俐。然后坐下来，地上倒扣一个小花盆，把筛子放在花盆上，另一人把切成方块的煤末子铲进筛子，便开始摇了，就像摇元宵一样，慢慢地把方块摇成煤球。然后摊在地上晒。一筛一筛地摇，一筛一筛地晒。好辛苦的工作，孩子在一边看，觉得好有趣。

万一天色变，雨欲来，煤黑子还得赶来收拾，归拢归拢，盖上点什么，否则煤被雨水冲走，前功尽弃了。这一切他都乐为之，多开发一点酒钱便可。等到完全晒干，他还要再来收煤，才算完满，明年再见。

煤黑子实在很苦，好像大家并不寄予多少同情。从日出做到日落，疲乏的回家途中，遇见几个顽皮的野孩子，还不免听到孩子们唱着歌谣嘲笑他：

煤黑子，

打算盘，

你妈洗脚我看见！

我那时候年纪小，好久好久都没有能明白为什么洗脚不可以令人看见。

煤球儿是为厨房大灶和各处小白炉子用的，就是再穷苦不过的人家也不能不预先储备。有“洋炉子”的人家当然要储备的还有大块的红煤白煤，那也是要砸碎了才能用，也需一番劳力的。南方来的朋友们看到北平家家户户忙“冬防”，觉得奇怪，他不知道北平冬天的厉害。

一夜北风寒，大雪纷纷落，那景致有得瞧的。但是有几个人能有谢道韫女士那样从容吟雪的福分。所有的人都被那砭人肌肤的朔风吹得缩头缩脑，各自忙着做各自的事。我小时候上学，背的书包倒不太重，只是要带墨盒很伤脑筋，必须平平稳稳地拿着，否则墨汁要洒漏出来，不堪设想。有几天还要带写英文字的蓝墨水瓶，更加恼人了。如果伸手提携墨盒墨水瓶，手会冻僵。手套没有用。我大姊给我用绒绳织了两个网子，一装墨盒，一装墨水瓶，同时给我做了一副棉手筒，两手伸进筒内，提着从一个小孔塞进的网绳，于是两手不暴露在外而可提携墨盒墨水瓶了。饶是如此，手指关节还是冻得红肿，作奇痒。脚后跟生冻疮更是稀松平常的事。临睡时母亲为我们备热水烫脚，然后钻进被窝，这才觉得一日之中尚有温暖存在。

北平的冬景不好看吗？那倒也不。大清早，榆树顶的干枝上经常落着几只乌鸦，呱呱地叫个不停，好一幅古木寒鸦图！但是远不及西安城里的乌鸦多。北平喜鹊好像不少，在屋檐房脊上吱吱喳喳地叫，翘着的尾巴倒是很好看的，有人说它是来报喜，我不知喜自何来。麻雀很多，可是竖起羽毛像披蓑衣一般，在地面上蹦蹦跳跳地觅食，一副可怜相。不知什么人放鸽子，一队鸽子划空而过，盘旋又盘旋，白羽衬青天，哨子忽忽响。又不知是哪一家放风筝，沙雁蝴蝶龙睛鱼，弦弓上还带着锣鼓。隆冬之中也还点缀着一些情趣。

过新年是冬天生活的高潮。家家贴春联、放鞭炮、煮饺子、接财神。其实是孩子们狂欢的季节，换新衣裳、磕头、逛厂甸儿，流着鼻涕举着琉璃喇叭大沙雁儿。五六尺长的大糖葫芦糖稀上沾着一层尘沙。北平的尘沙来头大，是从蒙古戈壁大沙漠刮来的，来时真是胡尘涨宇，八表同昏。脖领里、鼻孔里、牙缝里，无往不是沙尘，这才是真正的北平冬天的标帜。愚夫愚妇们忙着逛财神庙，白云观去会神仙，甚至赶妙峰山进头炷香，事实上无非是在泥泞沙尘中打滚而已。

在北平，裘马轻狂的人固然不少，但是极大多数的人到了冬天都是穿着粗笨臃肿的大棉袍、棉裤、棉袄、棉袍、棉背心、棉套裤、棉风帽、棉毛窝、棉手套。穿丝绵的是例外。至若拉洋车的、挑水的、掏粪的、换洋取灯儿的、换肥子儿的、抓空儿的、打鼓儿的……哪一个不是衣裳单薄，在寒风里打战？在北平的冬天，一眼望出去，几乎到处是萧瑟贫寒的景象，无须走向粥厂门前才能体会到什么叫作饥寒交迫的境况。北平是大地方，从前是辇毂所在，后来也是首善之区，但也是“朱门酒肉臭，路有冻死骨”的地方。

北平冷，其实有比北平更冷的地方。我在沈阳度过两个冬天。房屋双层玻璃窗，外层凝聚着冰雪，内层若是打开一个小孔，冷气就逼人而来。马路上一层冰一层雪，又一层冰一层雪，我有一次去赴宴，在路上连跌了两跤，大家认为那是寻常事。可是也不容易跌断腿，衣服穿得多。一位老友来看我，觌面不相识，因为他的眉毛须发全都结了霜！街上看不到一个女人走路。路灯电线上踞着一排鸦雀之类的鸟，一声不响，缩着脖子发呆，冷得连叫的力气都没有。更北的地方如黑龙江，一定冷得更有可观。北平比较起来不算顶冷了。

冬天实在是很可怕。诗人说：“如果冬天来到，春天还会远吗？”但愿如此。

北平的街道

“无风三尺土，有雨一街泥”，这是北平街道的写照。也有人说，下雨时像大墨盒，刮风时像大香炉，亦形容尽致。像这样的地方，还值得去想念吗？不知道为什么，我时常忆起北平街道的景象。

北平苦旱，街道又修得不够好，大风一起，迎面而来，又黑又黄的尘土兜头洒下，顺着脖梗子往下灌，牙缝里会积存沙土，咯吱咯吱地响，有时候还夹杂在小碎石头，打在脸上挺疼，眯眼睛更是常事，这滋味不好受。下雨的时候，大街上有时候积水没漆，有一回洋车打天秤，曾经淹死过人，小胡同里到处是大泥塘，走路得靠墙，还要留心泥水溅个脸花。我小时候每天穿行大街小巷上学下学，深以为苦，长辈告诫我说，不可抱怨，以前的道路不是这样子的，路高与檐齐，上面是深刻的车辙，那才叫人视为畏途。这样退一步想，当然痛快一些。事实上，我也赶上了一部分的当年交通困难的盛况。我小时候坐轿车出门是一桩盛事，走到棋盘街，照例是“插车”，雍塞难行，前呼后骂，等得心焦，常常要一小时以上才有松动的现象。最难堪的是这一带路上铺厚石板，年久磨损出很宽很深的缝隙，真实豁牙露齿，驴车马车行走其间，车轮陷入缝隙，坐一歪右一倒，就在这一步一倒之际，脑袋上会碰出核桃大的包左右各一个。这种情形后来改良了，前门城洞由一个变成了四个，路也拓宽，石板也取消了，更不知是什么人做一大发明，“靠左边走”。

北平城是方方正正的坐北朝南，除了为象征“天蹋西北地陷东南”缺了两个角之外没有什么不规则形状，因此街道也就显得横平竖直四平八稳。东四西四，东单西单，四个牌楼把距四个中心点，巷弄鳞次栉比，历历可数。到了北平不容易迷失者以此。从前皇城未拆，从东城到西城需要绕过后面，现在打通了一条大路，经北海团城而金鳌玉蝀，雕栏玉砌，风景如画。是北平城里最漂亮的街道。向晚驱车过桥，左右目不暇给。城外还有一条极有风致的路，便是由西直门通到海淀的那条马路，夹路是高可数丈的垂柳，一棵挨着一棵，夏秋之季，蝉鸣不已，柳丝飘拂，夕阳西下，景色幽绝。我小时候读书清华园，每星期往返这条道上，前后八年，有时骑驴，有时乘车，这条路给我的印象太深了。

北平街道的名字，大部分都有风趣，宽的叫宽街，窄的叫夹道，斜的叫斜街，短的有一尺大街，方的有棋盘街，曲折的有八道弯、九道弯，新辟的叫新开路，狭隘的叫小街子，低下的叫下洼子，细长的叫豆芽菜胡同。有许多因历史沿革的关系意义已经不存在。例如，“琉璃厂”已不再烧琉璃瓦而变成书业集中地，“肉市”已不卖肉，“米市胡同”已不卖米，“煤市街”已不卖煤。更有些路名称稍嫌俚俗，其实俚俗也有俚俗的风味，不知哪位缙绅大人自命风雅，擅自改为雅驯一些的名字,“豆腐巷”改为“多福巷”,“小脚胡同”改为“晓教胡同”，“劈柴胡同”改为“辟才胡同”。民初警察厅有一位刘勃安先生，写得一手好魏碑，搪瓷制的大街小巷的名牌全是此君之手笔。幸而北平尚没有纪念富商显要一人名为路名的那种作风。

北平，不比十里洋场，人民比较保守，沾染的洋习较少较慢。东交民巷是特殊区域，里面的马路特别平，里面的路灯特别亮，里面的楼房特别高，里面打扫的特别干净，但是望洋兴叹，与鬼为邻的北平人却能视若无睹，见怪不怪。北平人并不对这一块自感优越的地方投以艳羡眼光，只有二毛子准洋鬼子才直眉瞪眼地往里面钻。地道的北平人，提着笼子架着鸟，宁可到城根去溜达，也不肯轻易踱进那一块令人生气的地方。

北平没有逛街之一说。一般来说，街上没有什么可逛的。一般的铺子没有窗橱，因为殷时的商家都讲究“良贾深藏若虚”，好东西不能摆在外面，而且买东西都讲究到一定的地方去，用不着在街上浪荡。要散步，到公园北海太庙景山去。如果在路上闲逛，当心车撞，当心泥塘，当心踩一脚屎！要消磨时间么，上下三六九等，各有去处，在街上溜馊腿最不是办法。当然，北平也有北平的市景，闲来无事偶然到街头看看，热闹之中带者悠闲也满有趣。有购书癖的人，到了琉璃厂，从厂东门到厂西门可以消磨整个半天，单是那些匾额招牌就够欣赏许久，一家书铺挨着一家书铺，掌柜的肃客进入后柜，翻看各种图书版本，那真是一种享受。

北平的市容，在进步，也在退步。进步的是物质建设，诸如马路行人道的拓宽与铺平，退步的是北平特有的情调与气氛逐渐消失褪色了。天下一切事物没有不变的，北平岂能例外？

北平年景

过年须要在家乡里才有味道，羁旅凄凉，到了年下只有长吁短叹的份儿，还能有半点欢乐的心情？而所谓家，至少要有老小二代，若是上无双亲，下无儿女，只剩下伉俪一对，大眼瞪小眼，相敬如宾，还能制造什么过年的气氛？北平远在天边，徒萦梦想，童时过年风景，尚可回忆一二。

祭灶过后，年关在你迩。家家忙着把锡香炉，锡蜡签，锡果盘，锡茶托，从蛛网尘封的箱子里取出来，做一年一度的大擦洗。宫灯，纱灯，牛角灯，一齐出笼。年货也是要及早备办的，这包括厨房里用的干货，拜神祭祖用的苹果干果等等，屋里供养的牡丹水仙，孩子们吃的粗细杂拌儿。蜜供是早就在白云观订制好了的，到时候用纸糊的大筐篓一碗一碗地装着送上门来。家中大小，出出进进，如中风魔。主妇当然更有额外负担，要给大家制备新衣新鞋新袜，尽管是布鞋布袜布大衫，总要上下一新。

祭祖先是过年的高潮之一。祖先的影像悬挂在厅堂之上，都是七老八十的，有的撇嘴微笑，有的金刚怒目，在香烟缭绕之中，享用蒸尝。

这时节孝子贤孙叩头如捣蒜，其实亦不知所为何来，慎终追远的意思不能说没有，不过大家忙着上供，拈香，点烛，磕头，紧接着是撤供，围着吃年夜饭，来不及慎终追远。

吃是过年的主要节目。年菜是标准化了的，家家一律。人口旺的人家要进全猪,连下水带猪头,分别处理下咽。一锅纯肉,加上蘑菇是一碗，加上粉丝又是一碗，加上山药又是一碗，大盆的芥末墩儿，鱼冻儿，肉皮辣酱，成缸的大腌白菜，芥菜疙瘩，——管够，初一不动刀，初五以前不开市，年菜非囤集不可，结果是年菜等于剩菜，吃倒了胃口而后已。“好吃不过饺子，舒服不过倒着”，这是乡下人说的话，北平人称饺子为“煮饽饽”。城里人也把煮饽饽当作好东西，除了除夕宵夜不可少的一顿之外，从初一至少到初三，顿顿煮饽饽，直把人吃得头昏脑涨。这种疲劳填充的方法颇有道理,可以使你长期的不敢再对煮饽饽妄动食指，直等到你淡忘之后明年再说。除夕宵夜的那一顿，还有考究，其中一只要放进一块银币，谁吃到那一只主交好运。家里有老祖母的，年年是她老人家幸运的一口咬到。谁都知道其中做了手脚，谁都心里有数。

孩子们需要循规蹈矩，否则便成了野孩子，唯有到了过年时节可以沐恩解禁，任意的做孩子状。除夕之夜，院里撒满了芝麻秸儿，孩子们践踏得咯吱咯吱响，是为“踩岁”。闹得精疲力竭，睡前给大人请安，是为“辞岁”。大人摸出点什么作为赏赍，是为“压岁”。

新正是一年复始，不准说丧气话，见面要道一声“新禧”。房梁上有“对我生财”的横批，柱子上有“一入新春万事如意”的直条，天棚上有“紫气东来”的斗方，大门上有“国恩家庆人寿年丰”的对联。墙上本来不大干净的，还可以贴上几张年画，什么“招财进宝”，“肥猪拱门”,都可以收补壁之效。自己心中想要获得的,写出来画出来贴在墙上，俯仰之间仿佛如意算盘业已实现了!

好好的人家没有赌博的。打麻将应该到八大胡同去，在那里有上好的骨牌，硬木的牌桌，还有佳丽环列。但是过年则几乎家家开赌，推牌九、状元红、呼五喝六，老少咸宜。赌禁的开放可以延长到元宵，这是唯一的家庭娱乐。孩子们玩花炮是没有腻的。九隆斋的大花盒，七层的九层的，花样翻新，直把孩子看得瞪眼咋舌。冲天炮、二踢脚、太平花、飞天七响、炮打襄阳，还有我们自以为值得骄傲的可与火箭媲美的“旗火”，从除夕到天亮彻夜不绝。

街上除了油盐店门上留个小窟窿外，商店都上板，里面常是锣鼓齐鸣，狂擂乱敲，无板无眼，据说是伙计们在那里发泄积攒一年的怨气。大姑娘小媳妇擦脂抹粉的全出动了，三河县的老妈儿都在头上插一朵颤巍巍的红绒花。凡是有大姑娘小媳妇出动的地方就有更多的毛头小伙子乱钻乱挤。于是厂甸挤得水泄不通，海王村里除了几个露天茶座坐着几个直流鼻涕的小孩之外并没有什么可看，但是入门处能挤死人！火神庙里的古玩玉器摊，土地祠里的书摊画棚，看热闹的多，买东西的少。赶着天晴雪霁，满街泥泞，凉风一吹，又滴水成冰，人们在冰雪中打滚，甘之如饴。“喝豆汁儿，就咸菜儿，琉璃喇叭大沙雁儿”，对于大家还是有足够的诱惑。此外如财神庙、白云观、雍和宫，都是人挤人，人看人的局面，去一趟把鼻子耳朵冻得通红。

新年狂欢拖到十五。但是我记得有一年提前结束了几天，那便是“民国元年”，阴历的正月十二日，在普天同庆声中，袁世凯嗾使北军第三镇曹锟驻禄米仓部队哗变掠劫平津商民两天。这开国后第一个惊人的年景，使我到如今不能忘怀。

台北家居

“长安米贵，居大不易”，原是调侃白居易名字的戏语。台北米不贵，可是居也不易。来台北定居的人，大概都有一个共同的感觉，觉得一生奔走四方，以在台北居住的这一段期间为最长久，而且也最安定。不过台北家居生活，三十多年中，也有不少变化。

我幸运，来到台北三天就借得一栋日式房屋。约有三十多坪，前后都有小小的院子，前院有两棄香蕉，隔着窗子可以窥视累累的香蕉长大，有时还可以静听雨打蕉叶的声音。没有围墙，只有矮矮的栅门，一推就开。室内铺的是榻榻米，其中吸收了水气不少，微有霉味，寄居的蚂蚁当然密度很高。没有纱窗，蚊蚋出入自由，到了晚间没有客人敢赖在我家久留不去。“衡门之下，可以栖迟。”不久，大家的生活逐渐改良了，铁丝纱、尼龙纱铺上了窗栏，很多人都混上了床，藤椅、藤沙发也广泛的出现，榻榻米店铺被淘汰了。

在未装纱窗之前，大白昼我曾眼看着一个穿长衫的人推我栅门而入，他不敲房门，径自走到窗前伸手拿起窗台上放着的一只闹钟，扬长而去。

我追出去的时候，他已经一溜烟地跑了。这不算偷，不算抢，只是不告而取，而且取后未还，好在这种事起初不常有。窃贼不多的原因之一是一般人家里没有多少值得一偷的东西。我有一位朋友一连遭窃数次，都是把他床上铺盖席卷而去，对于一个身无长物的人来说，这也不能不说是损失惨重了。我家后来也蒙梁上君子惠顾过一回，他闯入厨房搬走一只破旧的电锅。我马上买了一只新的，因为要吃饭不可一日无此君。不是我没料到拿去的破锅不足以厌其望，并且会受到师父的辱骂，说不定会再来找补一点什么；而是我大意了，没有把新锅藏起来，果然，第二天夜里，新锅不翼而飞。此后我就坚壁清野，把不愿被人携去的东西妥为收藏。

中等人家不能不雇用人，至少要有人负责炊事。此间乡间少女到城市帮佣，原来很大部分是想借此摄取经验，以为异日主持中馈的准备，所以主客相待以礼，各如其分。这和雇用三河县老妈子就迥异其趣了。可是这种情况急遽变化，工厂多起来了，商店多起来了，到处都需要女工，人孰无自尊，谁也不甘长久地为人“断苏切脯，筑肉臛芋”。于是供求失调，工资暴涨，而且服务的情形也不易得到雇主的满意。好多人家都抱怨，佣人出去看电影要为她等门；她要交男友，不胜其扰；她要看电视，非看完一切节目不休；她要休假、返乡、借支；她打破碗盏不作声；她敞开水管洗衣服。在另一方面，她也有她的抱怨：主妇碎嘴唠叨，而且服务项目之多恨不得要向王褒的“僮约”看齐，“不得辰出夜入，交关伴偶”。总之，不久缘尽，不欢而散的居多。此今局面不同了。多数人家不用女工，最多只用半工，或以钟点计工。不少妇女回到厨房自主中馈。

懒的时候打开冰箱取出陈年膳菜或是罐头冷冻的东西，不必翻食谱，不必起油锅，拼拼凑凑，即可度命。馋的时候，阖家外出，台北餐馆大大小小一千四百余家，平津、宁浙、淮扬、川、湘、粤，任凭选择，牛肉面、自助餐，也行。妙在所费不太多，孩子们皆大欢喜，主妇怡然自得，主男也无须拉长驴脸站在厨房水槽前面洗盘碗。

台北的日式房屋现已难得一见，能拆的几乎早已拆光。一般的人家居住在四楼的公寓或七楼以上的大厦。这种房子实际上就像是鸽窝蜂房。通常前面有个几尺宽的小阳台，上面排列几盆尘灰渍染的花草，恹恹无生气；楼上浇花，楼下落雨，行人淋头。后面也有个更小的阳台，悬有衣裤招展的万国旗。客人来访，一进门也许抬头看见一个倒挂着的"福"字，低头看到一大堆半新不旧的拖鞋——也许要换鞋，也许不要换，也许主人希望你换而口里说不用换，也许你不想换而问主人要不要换，也许你硬是不换而使主人瞪你一眼。客来献茶？没有那么方便的开水，都是利用热水瓶。盖碗好像早已失传，大部分是使用玻璃杯。其实正常的人家，客已渐渐稀少，谁也没有太多的闲暇串门子闲磕牙，有事需要先期电话要约。杜甫诗："但使残年饱吃饭，只愿无事长相见。"现在不行，无事为什么还要长相见？

"千金买房，万金买邻"话是不错，但是谈何容易？谁也料不到，楼上一家偶尔要午夜跳舞，蓬拆之声盈耳；隔壁一家常打麻将，连战通宵；对门一家养哈巴狗，不分晨夕的吠影吠声，一位新来的住户提出抗议，那狗主人愤然作色说："你搬来多久？我的狗在此已经吠了两年多。"街坊四邻不断地有人装修房屋，而且要装修得像电视综艺节目的背景，敲敲打打历时经旬不止。最可怕的是楼下开了一家汽车修理厂，日夜服务，不但叮叮当当响起敲打乐，而且漆髹焊接一概俱全，马达声、喇叭声不绝于耳。还有葬车出殡，一路上有音乐伴奏，不时地燃放爆竹，更不幸的是邻近有人办白事，连夜的哞经放焰口，那就更不得安生了。“大隐隐朝市”，我有一位朋友想“小隐隐陵薮”，搬到乡野，一走了之，但是立刻就有好心的人劝阻他说：“万万不可，乡下无医院，万一心脏病发，来不及送院急救，怕就要中道崩殂!”我的朋友吓得只好客居在红尘万丈的闹市之中。

家居不可无娱乐。卫生麻将大概是一些太太的天下。说它卫生也不无道理，至少上肢运动频数，近似蛙式游泳。只要时间不太长、输赢不大，十圈八圈的通力合作，总比在外面为非作歹、伤风败俗要好得多。公务人员与知识分子也有乐此不疲者。梁任公先生说过：“只有打麻将能令我忘却读书，只有读书能令我忘却打麻将。”我们觉得饱学如梁先生者，不妨打打麻将。也许电视是如今最受欢迎的家庭娱乐了，只要具有初高中程度，或略识之无，甚至文盲，都可以欣赏。当然，胃口需要相当强健，否则看了一些狞眉皱眼怪模怪样而自以为有趣的面孔，或是奇装异服不男不女蹦蹦跳跳的人妖，岂不要作呕？年轻的一代，自有他们的天地，郊游、露营、电影院、舞厅、咖啡馆，都是赏心悦目的胜地，家庭有娱乐，对他们而言，恐怕是渐渐地认为不大可能了。

五十多年前，丁西林先生对我说，他理想中的家庭具备五个条件：

一是胡涂的老爷，二是能干的太太，三是干净的孩子，四是和气的佣人，五是二十四小时的热水供应。这是他个人的理想，但也并非是笑话。他所谓糊涂，当然是“小事糊涂，大事不糊涂”；所谓能干是指里里外外上上下下一手承担；所谓干净是说穿戴整洁不淌鼻涕；所谓和气是吃饱喝足之后所自然流露出来的一股温暖。至于热水供应，则是属于现代设备的问题。如果丁先生现住台北，他会修正他的理想。旧时北平中上之家讲究“天棚、鱼缸、石榴树、先生、肥狗、胖丫头”，那理想更简单了。台北家居，无所谓天棚，中上人家都有冷气，热带鱼和金鱼缸各有情趣，石榴树不见得不如兰花，家里请先生则近似恶补，养猫养狗更是稀松平常，病了还有猫狗专科医院可以就诊（在外国见到的猫狗美容院此地尚付阙如），胖丫头则丫头制度已不存在，遑论胖与不胖？

说不定胖了还要设法减肥。

台北家居是相当安全的。舞动长刀扁钻杀人越货的事常有所闻，不过独行盗登门抢劫的事是少有的。像某些国家之动辄抢银行、劫火车，则此地之安谧甚为显然。夜不闭户是办不到的，好多人家窗上装了栅栏甘愿尝受铁窗风味，也无非是戒慎预防之意。至于流氓滋事，无地无之，是非之地少去便是。台北究竟是一个住家的好地方。

东安市场

北平的东安市场，本地人简称为“市场”，因为当年北平内城里像样子的市场就只有这么一个，西城也有一个西安市场，那是后来兴建的，而且里面冷冷落落，十摊九空，不能和东安市场相比。北平的繁盛地区历来是在东城。

我家住的地方离市场很近，步行约二十分钟，出胡同口转两个弯，就到了。市场的地点是在王府井大街金鱼胡同西口的拐角处。我十岁左右的时候，常随同兄弟姐妹溜达着去买点什么吃点什么或是闲逛一番。

东安市场有四个门，金鱼胡同口内的是后门（也称北门），王府井大街约是前门，前门往南不远有个不大显眼的中门，再往南有个更不大显眼的南门。

进前门，左手是市场管理处，属京师警察厅左一区。墙上吊挂着一排蓝布面的记事簿子，公事桌旁坐着三两警察，看样子很悠闲。照直往前走，短短一截路，左边是固定的摊贩，右边是店铺。这条短路衔接着南北向竹一长大路．这大路是市场的主干线。路中间有密密丛丛的固定摊贩，两边都是店铺。路面是露天的，可是各个摊贩都设法支起一个布帐篷，连接起来也可以避骄阳细雨。直到民月元年二月间（辛亥年正月十二日），大总统袁世凯唆使陆军第三镇曹锐驻禄米仓部队兵变，大掠平津，东安市场首当其冲，不知为什么抢掠之后还要付之一炬。那一夜晚我在家里看到熊熊大火起自西南，黑的白的浓烟里冒着金星，还听得到噼噼啪啪的响。这一把火把市场烧成一片焦土。可是俗语说“烧发，烧发”，果不其然，不久市场更建起来了，比以前更显得整齐得多。布帐篷没有了，改为铅铁棚，把整条街道都遮盖起来，不再受天气的影响。有一点像现今美国的所谓 Mall（商场街），只是规模简陋许多，没有空气调节。

我逛市场总是从后门进去，一进门，觌面就是一个水果摊，除了各色水果堆得满坑满谷之外，还有应时的酸梅汤、玻璃粉、果子干，以及山里红汤、榅桲、炒红果、糊子糕、蜜饯杏干、蜜饯海棠，当然冬天还有各样的冰糖葫芦。这些东西本来大部分是干果子铺或水果店发卖的货色，按照北平老规矩，上好的水果都是藏在里面的，摆在外面的是二等货，识货的主顾一定要坚持要头等货，伙计才肯到里面拿出好货色来，这就是“良贾深藏若虚”的道理。市场的水果摊则不然，好货色全摆在外面，次货藏在桌底下。到市场买水果很容易上当。通常两个卖主应付一个买主，一个帮助买主挑挑拣拣，好话说尽；另一个专管打蒲包，手法利落，把已拣好的好货塞到桌下，用次货调包，再不然就是少放几个，买主回家发现徒呼负负而已。北平买卖人道德低落在民初即已开始，市场是最好的奸商表演特技的地方。不过市场的货色，至少从表面上看，是很漂亮诱人的。即以冰糖葫芦而论，除了琉璃厂信远斋的比较精致之外，没有比市场更好的。再往前走几步。有个卖豌豆黄的，长方的一块块，上面贴上一层山楂糕，装在纸匣里带回家去是很可口的一样甜点。

进后门右手有一座四层楼，也是火烧后的新建筑。这楼名为森隆，算是市场最高大的建筑物了。楼下一层是稻香村，顾名思义是专卖南货。当年北平卖南货的最初是前门外观音街的稻香村，道地的南货，店伙都是杭州人，出售的货色不外笋尖、素火腿、沙胡桃、甘草橄榄、半梅、笋豆、香蕈、火腿之类，附带着还卖杭垣舒莲记的折扇。沿街也偶有卖南货的跑单帮的小贩。森隆的稻香村虽是后起，规模不小，除了南货也有北货。特制的糟蛋、醉蟹等都很出色。森隆楼上是餐馆，二楼中餐，三楼西餐，四楼素食。西菜很特别，中国菜味十足，显得土气，吃不惯道地西菜的人趋之若鹜。

进后门左转照直走，就看见吉祥茶园。当年富连成的科班经常在此上演，小孩儿戏常是成本大套的。因为人多，戏格外热闹，尤其是武戏，孩子们是真卖力气。谭富英、马连良出师不久常在这里演唱。戏园所在的地方，附近饮食业还能不发达？东来顺润明楼就在左边。东来顺是回教馆，以氽烤羊肉驰名，其实只是一个中级的馆子，价钱便宜，为大众所易接受，讲到货色就略嫌粗糙，片羊肉没有正阳楼片得薄，一切佐料也嫌简陋。因为生意好，永远是乱哄哄的，堂倌疲于奔命，顾客望而生畏。润明楼就更等而下之，只好以里脊丝拉皮为号召了，只是门前现烙现卖的褡裢火烧却是别处没有的，虽然油腻一点。右边有一家大鸿楼，比较晚开的，长于面点，所做的大肉面，汤清碗大，那一块红亮的大块肥瘦肉，酥烂香嫩，一块不够可以双浇，大有上海的风味，爆鳝过桥也是一绝。

从吉祥戏院门口向右一转是一片空场，可是一个好去处。零食摊贩一个挨着一个。豆汁儿、灌肠、爆肚儿、豆腐脑、豆腐丝，应有尽有。最吸引人的是广场里卖艺的，耍坛子的，拉大篇的，耍狗熊的，耍猴儿的，还有变戏法的。我小时候常和我哥哥到市场看变戏法的，对于那神出鬼没无中生有的把戏最感兴味。有一天寒风凛冽，一大群人围观，以小孩居多。变戏法的忽然取出一条大蛇，真的活的大蛇，举着蛇头绕场巡走一周，一面高呼："这蛇最爱吃小孩的鼻涕……"在场的小孩一个个地急忙举起袖子揩鼻涕，群众大笑。变戏法的在紧要关头倏地停止表演，拿起小锣就敲，"镗！镗！镗！财从旺地起，请大家捧捧场。"坐在前排凳上的我哥哥和我从衣袋里掏出几个铜板往场地一丢，这时候场地上只有疏疏落落的二三十个铜板，通常一个人投一个铜板也就够了，我们俩投了四五个，变戏法的登时走了过来，高声说："列位看见了吗，这两位哥儿们出手多大方！"这时候后面站着的观众一个个拔腿就跑，变戏法的又高声叫："这几位爷儿们不忙着跑啊，家里蒸着的窝头焦不了！"但是人还是差不多都跑光了。

从后门进来照直走，不远，右手有一家中兴号，本来是个绒线铺，实际上卖一切家用杂货，货物塞得满满的，生意茂盛。店主傅心斋精明强干，长袖善舞，交游广阔，是东安市场的一霸。绒线铺生意太好，他便在楼上开辟出一个中兴茶楼，在绒线铺中央安装一个又窄又陡的木梯，缘梯而上，直登茶楼。茶楼当然是卖茶，逛市场可以在此歇歇腿儿，也可以教伙计买各种零食送到楼上来，楼上还有几个雅座。傅掌柜的花样多，不久他卖起西餐来了。他对常来的茶客游说："您尝尝我们的咖喱鸡，我现在就请您赏脸，求您品题，不算钱，您吃着好，以后多照顾。"一吃，果然不错。那时候在北平，吃西餐算时髦，一般人只知道咖喱的味道不错，不知道咖喱是什么东西，还以为咖喱是一种植物的果实，磨成粉就是咖喱粉，像咖啡豆之磨成咖啡那样。傅掌柜又说："您吃着好，以后打个电话我们就送到府上，包管是滚热的，多给您带汤。"一块钱可以买四只小嫩鸡煮的整只咖喱鸡，一大锅汤。不久他又有了新献："您尝尝我们的牛扒。是从六国饭店请来的师傅。半生不熟的，外焦里嫩的，煎得熟透的，任凭您选择。"牛扒是北平的词儿，因为上海人读排为扒，北平人干脆写成为牛扒。中兴茶楼又拓展到对面的一层楼上，场面愈大，也学会了西车站食堂首创的奶油栗子粉。这一道甜点心，没人不欢迎，虽然我们中国的奶油品质差一点，打起来稀趴趴的不够坚实。

中兴的后身有两座楼，一个是丹桂商场，一个我忘了名字。这两座楼方形，中间是摊贩的空场，一个专卖七零八碎的小古董小玩意儿，一个是卖旧书。古董里可真有好东西，一座座玻璃罩的各种形式的座钟，虽然古老，煞是有趣。古钱币，鼻烟壶．珠宝景泰蓝等也不少。价钱没有一定，一般人不敢问津。北平特产的小宝剑小挎刀是非常可爱的。我在摊子上买到过一个硬木制的放风筝用的线桄子，连同老弦，用了多少年都没有坏，而且使用起来灵活可喜。我也在书摊上买到过好几部明刻本诗集，有一部铅字排的仇注杜诗随身携带至今，书页都变成焦黄色了。

斜对着中兴有一家葆荣斋，卖西点，所做菠萝蛋糕、气鼓、咖啡糕等都还可以，只是粗糙一些，和法国面包房的东西不能比。老板姓氏不记得了，外号人称“二愣子”，有人说他是太监，是否属实不得而知。市场西点后起的还有两家，起士林和国强，兼作冷饮小吃，年轻的人喜欢去吃点冰淇淋什么的。有一家“丰盛轩”酪铺，虽不及门框胡同的，在东城也算是够标准的了，好像比东四牌楼南大街的要高明些。

越过起士林往南走，是一片空地，疏疏落落的有些草木，东头有一个集贤球房，远远可以听到辘辘响，那是保龄球，据说那里也有台球。我从来没有进去过。那个时代好像只有纨绔子弟或市井无赖才去那种地方玩耍。

逛市场到此也差不多了，出南门便是王府井大街，如有兴致可以在中原公司附近一家茶馆听白云鹏唱大鼓，刘宝全不在了，白云鹏还唱一气，老气横秋，韵味十足。那家茶馆设备好，每位客人占大沙发一个，小茶几一个，舒适之极。

听完大鼓，回头走，走到金鱼胡同口，宝华春的盒子菜是有名的，酱肘子没有西单天福号的那样肥，可是一样的烂，蒸鸡、酱肉、小肚、熏肘、香肠无一不精，各买一小包带回家去下酒卷饼，十分美妙。隔壁天义顺酱园在东城一带无人不知，糖蒜固然好，甜酱萝卜更耐人寻味，北平的萝卜（象牙白）品质好，脆嫩而水分少，而且加糖适度，不像日本的腌渍那样死甜，也不像保定府三宗宝之一的酱菜那样死盐。我每次到杭州我舅舅家去，少不了带点随身土物，一整块宝华春青酱肉，一大篓天义顺酱萝卜，外加一盆月盛斋酱羊肉，两个大苤蓝，两把炕笤帚。这几样东西可以代表北平风物之一斑。

现在的北平变了。最近去过的人回来报道说，东安市场的名字没有了，原来的模样也不存在，许多许多好吃好玩的事物也徒留在记忆里，只是那块土地无恙。儿时流连的地方，悠闲享受的所在，均已去得无影无踪。仅仅二四十年的工夫，变化真大！

窗外

窗子就是一个画框，只是中间加些棂子，从窗子望出去，就可以看见一幅图画。那幅图画是妍是媸，是雅是俗，是闹是静，那就只好随缘。我今奇居海外，栖身于“白屋”楼上一角，临窗设几，作息于是，沉思于是，只有在抬头见窗的时候看到一幅幅的西洋景。现在写出窗外所见，大概是近似北平天桥之大金牙的拉大篇吧？

“白屋”是地地道道的一座刷了白颜色油漆的房屋，既没有白茅覆盖，也没有外露木材，说起来好像是韩诗外传里所谓的“穷巷白屋”，其实只是一座方方正正的见棱见角的美国初期形式的建筑物。我拉开窗帘，首先看见的是一块好大好大的天。天为盖，地为舆，谁没看见过天？但是，不，以前住在人烟稠密天下第一的都市里，我看见的天仅是小小的一块，像是坐井观天，迎面是楼，左面是楼，右面是楼，后面还是楼，楼上不是水塔，就是天线，再不然就是五色缤纷的晒洗衣裳。井底蛙所见的天只有那么一点点。“白屋”地势荒僻，眼前没有遮挡，尤其是东边隔街是一个小学操场，绿草如茵，偶然有些孩子在那里蹦蹦跳跳；北边是一大块空地，长满了荒草，前些天还绽出一片星星点点的黄花，这些天都枯黄了，枯草里有几株参天的大树，有枞有枫，都直挺挺地稳稳地矗立着；南边隔街有两家邻居；西边也有一家。有一天午后，小雨方住，蓦然看见天空一道彩虹，是一百八十度完完整整的清清楚楚的一条彩带，所谓虹饮江皋，大概就是这个样子。虹销雨霁的景致，不知看过多少次，却没看过这样规模壮阔的虹。窗外太空旷了，有时候零雨潸潸，竟不见雨脚，不闻雨声，只见有人撑着伞，坡路上的水流成了渠。

路上的汽车往来如梭，而行人绝少。清晨有两个头发斑白的老者绕着操场跑步，跑得气咻咻的，不跑完几个圈不止，其中有一个还有一条大黑狗做伴。黑狗除了运动健身之外，当然不会轻易放过一根电线杆子而不留下一点记号，更不会不选一块芳草鲜美的地方施上一点肥料。天气晴和的时候常有十八九岁的大姑娘穿着斜纹布蓝工裤，光着脚在路边走，白皙的两只脚光光溜溜的，脚底板踩得脏兮兮，路上万一有个图钉或玻璃碴之类的东西，不知如何是好？日本的武者小路实笃曾经说起："传有久米仙人者，因逃情，入山苦修成道。一日腾云游经某地，见一浣纱女，足胫甚白，目眩神驰，凡念顿生，飘忽之间已自云头跌下。"（见周梦蝶诗《无题》附记）我不会从窗头跌下，因为我没有目眩神驰。我只是想：裸足走路也算是年青一代之反传统反文明的表现之一，以后恐怕还许有人要手脚着地爬着走，或索性倒竖蜻蜓用两只手走路，岂不更为彻底更为前进？至于长头发大胡子的男子现在已经到处皆是，甚至我们中国人也有沾染这种习气的（包括一些学生与餐馆侍者），习俗移人，一至于此！

星期四早晨清除垃圾，也算是一景。这地方清除垃圾的工作不由官办，而是民营。各家的垃圾贮藏在几个铅铁桶里，上面有盖，到了这一天则自动送到门前待取。垃圾车来，并没有八音零乐，也没有叱咤吆喝之声，只闻稀里哗啦的铁桶响。车上一共两个人，一律是彪形黑大汉，一个人搬铁桶往车里掼，另一个司机也不闲着，车一停他也下来帮着搬，而且两个人都用跑步，一点也不从容。垃圾掼进车里，机关开动，立即压绞成为碎碴，要想从垃圾里检出什么瓶瓶罐罐的分门别类地放在竹篮里挂在车厢上，殆无可能。每家月纳清洁费二元七角钱，包商叫苦，要求各家把铁桶送到路边，节省一些劳力，否则要加价一元。

公共汽车的一个招呼站就在我的窗外。车里没有车掌，当然也就没有晚娘面孔。所有开门，关门，收钱，掣给转站票，全由司机一人兼理。幸亏坐车的人不多，司机还有闲情逸致和乘客说声早安。二十分钟左右过一班车，当然是亏本生意，但是贴本也要维持。每一班车都是疏疏落落的三五个客人，凄凄清清惨惨，许多乘客是老年人，目视昏花，手脚失灵，耳听聋聩，反应迟缓，公共汽车是他们唯一交通工具。也有按时上班的年轻人搭乘，大概是怕城里没处停放汽车。有一位工人模样的候车人，经常准时在我窗下出现，从容打开食盒，取出热水瓶，喝一杯咖啡，然后登车而去。

我没有看见过一只过街鼠，更没看见过老鼠肝脑涂地的陈尸街心。狸猫多得很，几乎个个是肥头胖脑的，毛也泽润。猫有猫食，成瓶成罐地在超级食场的货架上摆着。猫刷子，猫衣服，猫项链，猫清洁剂，百货店里都有。我几乎每天看见黑猫白猫在北边荒草地里时而追逐，时而亲昵，时而打滚。最有趣的是松鼠，弓着身子一窜一窜地到处乱跑，一听到车响，仓促地爬上枞枝。窗下放着一盘鸟食，黍米之类，麻雀群来果腹，红襟鸟则望望然去之，他茹荤，他要吃死的蛞蝓活的蚯蚓。

窗外所见的约略如是。王粲登楼，一则曰："虽信美而非吾土兮，曾何足以少留！"再则曰："昔尼父之在陈兮，有归欤之叹音。钟仪幽而楚奏兮，庄舃显而越吟。人情同于怀土兮，岂穷达而异心？"临楮凄怆，吾怀吾土。

文图编辑：樊文龙

美术编辑：罗筱筱

版式设计：蒋碧君

封面设计：蒋碧君